Gulliver Taschenbuch 79

Für Ronit, Gila, Tall

Mirjam Pressler, geboren 1940 in Darmstadt, besuchte die Hochschule für Bildende Künste in Frankfurt und lebt heute als freischaffende Autorin und Übersetzerin in München. Im Programm Beltz & Gelberg erschienen ihre Romane *Bitterschokolade* (Oldenburger Jugendbuchpreis 1980), *Kratzer im Lack, Nun red doch endlich, Novemberkatzen, Zeit am Stiel, Katharina und so weiter* und *Nickel Vogelpfeifer* (Auswahlliste zum Deutschen Jugendliteraturpreis 1987), *Wenn das Glück kommt, muß man ihm einen Stuhl hinstellen* sowie die Biographie über Anne Frank *Ich sehne mich so*. Für ihr Übersetzerwerk wurde Mirjam Pressler mit dem Sonderpreis des Deutschen Jugendliteraturpreises 1994 ausgezeichnet.

Mirjam Pressler

Novemberkatzen

Kinderroman

BELTZ
& Gelberg

Novemberkatzen wurde 1986 von Sigrun Koeppe für den Südwestfunk verfilmt.

Gulliver Taschenbuch 79

Programm Beltz & Gelberg, Weinheim

Reihenlayout und Einband von Wolfgang Rudelius
unter Verwendung eines Fotos von Tilman Holweg
aus dem Film »Novemberkatzen«
Gesamtherstellung Druckhaus Beltz, 69494 Hemsbach
Printed in Germany
ISBN 3 407 78079 6
6 7 8 9 98 97 96 95

1.

Ilse starrt auf das Arbeitsblatt, das sie vor sich auf dem Tisch liegen hat. Unterstreiche alle Namenwörter, steht als Arbeitsauftrag da. Sie versteht nicht so genau, was mit Namenwörtern gemeint ist. Natürlich ist Ilse ein Namenwort, weil es ihr Name ist, auch Oma, Dieter, Horst und Marga sind Namenwörter.
Draußen scheint die Sonne, und ihre Strahlen fallen auf das Papier. Ilse ballt ihre linke Hand zur Faust, spreizt Daumen und Zeigefinger ab und läßt den Schatten als bellenden Hund über das weiße Blatt gleiten.
Der Hund vom Kornmeier hat den Herrn Krämer in die Hand gebissen. Obwohl er ihn nur streicheln wollte, hat der Herr Krämer gesagt.
Geschieht ihm recht, denkt Ilse. Geschieht ihm ganz recht. Er ist genauso böse wie sein Sohn, der Klaus.
Wenn ich ein Hund wäre, denkt Ilse, dann würde ich viele beißen. Sie läßt mit schnellen Bewegungen ihren Schattenhund zuschnappen. Plötzlich wird das Papier dunkler, eine Hand greift nach ihrer Schulter, schüttelt sie. Ilse duckt sich unter diesem Griff. »Wenn man so schlecht ist wie du«, schimpft Herr Stumpff, »dann sollte man wenigstens besser aufpassen. Aber bei dir ist Hopfen und Malz verloren.«
Marion auf dem Platz neben ihr lacht laut. Ilse duckt sich noch tiefer. Herr Stumpff geht zurück zur Tafel. »Schreibt die Hausaufgaben auf«, sagt er. »Heute wird es ein

bißchen mehr, weil ihr eher aushabt. Ich muß zu einer Beerdigung.«
Als er seine Ledertasche auf den Tisch stellt, seine Sachen einpackt, die Metallschlösser zuschnappen läßt und wie jeden Tag sagt: »So, das wär's für heute«, ist Ilse schon längst fertig. Sie rennt als erste aus der Klasse.
Im Treppenhaus der Schule ist es düster. Das Licht, das durch die hohen, schmalen Fenster einfällt, wird von dem dunklen, porösen Linoleumbelag aufgesogen. Die große Tür am Fuß des letzten Treppenabsatzes ist geöffnet, die beiden Holzflügel mit den Gittern vor den Glaseinsätzen sind mit eisernen Löwenkopfriegeln in den Halterungen an den Flurwänden eingeklinkt.
Als Ilse über die Schwelle tritt, schlägt ihr die Sonne entgegen. Sie blinzelt und legt den Unterarm schützend über ihre Augen. Im Vorbeigehen streift sie schnell mit der anderen Hand über die sonnenwarmen Sandsteinquader, die den Türstock einrahmen. Trocken und rauh fühlen sie sich an, körnig, bröselig, fast wie Schmirgelpapier, nur viel angenehmer. Hinter ihr drängen und schreien jetzt die anderen Kinder. Ilse dreht sich nicht um. Sie rennt über den Schulhof, schaut auf den Boden, stößt mit einem Radfahrer zusammen, hebt den Kopf aber auch dann nicht, als sie das laute »Blöde Kuh« hört, und rennt weiter. Erst als sie draußen auf der Straße ist, geht sie wieder langsamer. Ihr Ranzen schlägt mit jedem Schritt leicht auf ihren Rücken.
Beim Konsum gibt es gegrillte Brathähnchen. Der Geruch steigt ihr verlockend in die Nase. Sie merkt, daß sie Hunger hat, aber sie geht nicht schneller. Im Gegenteil, je näher sie der Sandgasse kommt, desto langsamer werden

ihre Schritte. Sie läßt die geöffnete Hand durch die Fliederzweige von Hoffmanns Garten streifen. Wild wuchern die Büsche durch den Zaun hindurch und zwingen die Fußgänger, von dem ohnehin schmalen Bürgersteig auf die Straße hinunter auszuweichen. Ilse reißt ein paar Blätter ab und zerreibt sie zwischen ihren Fingern.
Dann ist sie in der Sandgasse, die immer noch Sandgasse heißt, obwohl schon vor Jahren der breite Mittelstreifen asphaltiert worden ist, damals, als die ersten Städter oben im alten Wingert Häuser gebaut haben, Häuser mit großen Terrassen und offenen Kaminen in den Gärten über dem Hang.
Das Haus, in dem Ilse wohnt, ist ein graubrauner Klotz, das zweite Haus links, da, wo die Sandgasse noch lange nicht in das neue, feine Wohnviertel übergeht, ganz ohne Terrassen oder Balkons. Das Gemeindehaus ist es. Sie ist die Lautenschläger Ilse aus dem Gemeindehaus. Links und rechts an den Schmalseiten des Hauses befinden sich unter hochliegenden kleinen Flurfenstern die Eingänge. Drei Parteien wohnen auf jeder Seite, Erdgeschoß, erster und zweiter Stock.
Ilse geht über die steinernen Wegplatten zur linken Haustür und steigt die Treppe hinauf zum ersten Stock. Es ist eine Wohnung ohne Flur, direkt vom Treppenabsatz gehen die drei Türen zur Küche und zu den beiden Schlafzimmern ab. Die Küchentür steht weit offen. Die Mutter hat gern Durchzug, wenn sie kocht, besonders im Sommer, wenn das Feuer im Herd eine fast unerträgliche Hitze verursacht.
»Du bist früh dran heute«, sagt die Mutter und wendet sich wieder dem Herd zu.

»Wir hatten eher aus. Der Lehrer mußte zu einer Beerdigung.« Ilse sagt das fast entschuldigend.
»Ja, stimmt«, sagt die Mutter. »Der alte Brückner wird heute beerdigt. Da gehen sie natürlich alle hin. Nur weil er der Vater vom Bürgermeister gewesen ist.«
Ilse dreht sich halb um und läßt ihren Ranzen auf den Tisch rutschen. »Dafür hat er uns umso mehr aufgegeben.« Sie packt ihr Zeug aus, setzt sich an den Tisch. Mit dem Füller in der Hand hockt sie vor dem aufgeschlagenen Heft. Aber sie schreibt nicht, sie schaut ihrer Mutter zu.
Sie kochen schon, die Kartoffeln, Ilse kann es riechen. Der Deckel hebt sich über den Dampfwolken und fällt scheppernd zurück auf den Topf, immer wieder. Die Mutter bewegt sich hastig, heißes Kochwasser schwappt über und platscht ihr auf die rechte Hand. »Scheiße«, sagt sie und schlenkert die Hand ein paarmal durch die Luft. Die Kartoffeln, jetzt auf der hintersten Ecke des Herdes, links neben dem Wasserschiff, haben aufgehört zu kochen, brummeln nur noch leise vor sich hin. Die Mutter hebt die Hand zum Mund und bläst mit vorgeschobenen Lippen über den sich immer stärker rötenden Brandfleck. »Scheiße«, sagt sie noch einmal, dreht sich um und geht zur gegenüberliegenden Wand, zum Wasserhahn, und läßt sich kaltes Wasser über die Hand laufen. Der rote Fleck fängt über dem Daumen an und zieht sich bis hinter das Handgelenk. Die Mutter schimpft leise vor sich hin. Sie wühlt in der rechten Schublade des Küchentisches, bis sie zwischen Rabattmarken, Gummiringen, einer Nagelfeile, einem angefangenen Heftchen Hansaplast und ein paar Reißnägeln eine rote Salbentube findet, fast leer, gegen Brandwunden und Insektenstiche. Sie rollt die Blechtube

sorgfältig vom Ende her auf, drückt etwas von dem fast durchsichtigen Gelee auf die Haut und verreibt es. Dabei verzieht sie das Gesicht und kneift ihre Augen zusammen. Dann stellt sie einen etwas kleineren, blau emaillierten Topf auf den Herd, ganz in die Mitte, dahin, wo das Feuer die innersten Herdringe manchmal rot aufglühen läßt. Oberhalb des Topfbodens ist das Email an etlichen Stellen abgesprungen und bildet seltsam gerundete, schwarze Formen in dem hellgemaserten Blau. Im Topf sind Bohnen, die sie schon vorher abgezogen, gewaschen und in Salzwasser gelegt hat.
»Was gibt es heute?« fragt Ilse.
»Grüne Bohnen mit Kartoffeln und Fleischwurst«, sagt die Mutter. »Du mußt jetzt noch zum Metzger gehen und die Wurst holen, ich hab's vergessen.«
»Der Dieter kann auch mal. Der muß gleich kommen.«
»Du gehst, habe ich gesagt.«
»Ich will aber nicht. Warum immer ich? Der Dieter kann doch auch mal.« Ilse weint. Sie weint laut und sichtbar, die Nase läuft und bildet eine sich aufblähende Rotzglocke.
»Na ja«, sagt die Mutter. »Der Dieter kann wirklich auch mal. Bist du sicher, daß er gleich kommt?«
Ilse nickt, schnieft, wischt mit dem Handrücken die Rotzglocke weg und nimmt wieder ihren Füller. »Der Stumpff meckert jeden Tag, weil ich ihm nicht schön genug schreibe. Ich weiß gar nicht mehr, was ich machen soll. Ich geb mir solche Mühe.«
»Der Stumpff soll das Maul halten, der alte Knacker. Der glaubt wohl immer noch, er wäre was Besonderes, nur weil sein Vater unter Adolf ein hohes Tier war.«
»Wer ist Adolf?«

»Ach, sei still. Mir tut die Hand weh.«
»Schlimm?«
»Es geht.«
Ilse fängt an zu schreiben. Mühsam malt sie die Buchstaben.
»Ich habe heute die Oma beim Einkaufen getroffen. Scheißfreundlich ist sie gewesen. Du sollst heut mittag mal raufkommen zu ihr, sie hat zwei Unterhosen und ein Paar Kniestrümpfe für dich gekauft.«
Ilse hebt den Kopf und lacht erfreut.
»Sag ihr, daß der Dieter Sandalen brauchen könnte, und der Horst ein neues Oberhemd.«
»Ja, mach ich.«
Da kommt Dieter herein, sein Mund ist schmal und verkniffen. »Was gibt's heute?«
»Grüne Bohnen mit Kartoffeln und Fleischwurst. Gehst du schnell noch zum Metzger und holst die Wurst? Ich hab's vergessen.«
Dieter nimmt den Ranzen vom Rücken. »Wieso ich? Die Ilse soll gehen.«
»Die Ilse ist schon so oft gegangen«, sagt die Mutter. »Du kannst auch mal.«
Dieter schüttelt den Kopf. »Ich geh nicht. Kochen ist Frauensache, Einkaufen auch. Die Ilse soll gehen.«
»Hörst du«, sagt die Mutter, »du sollst gehen. Er geht nicht.«
Ilse schaut auf. Ihre Augen sind sehr dunkel gegen das blasse Gesicht. »Ich will nicht. Er soll.«
»Du gehst«, schreit die Mutter. »Sofort gehst du.«
Ilse zieht den Kopf ein, hält die Arme schützend vor das Gesicht. »Nein«, sagt sie. Die Mutter schlägt mit dem

Kochlöffel, den sie gerade in der Hand hat, nach ihr, trifft aber nur ihren linken Arm. Ilse nimmt beide Arme schützend auf die linke Seite, und der Kochlöffel trifft, als die Mutter noch einmal ausholt, voll auf ihre rechte Backe. Ilse weint.
»Gehst du jetzt?«
Ilse packt ihre Schulsachen wieder ein, nimmt die fünf Mark, die ihre Mutter aus der Schürzentasche zieht, und verläßt die Küche.
In der Sandgasse spielen jetzt ein paar Buben mit einer Blechbüchse Fußball. »Die Ilse«, schreit der Krämer Klaus und kickt ihr die Büchse vor die Füße. Mittelfeine Erbsen. Ilse weicht aus und rennt zur Bergstraße hin. Nur um die Ecke muß sie kommen, dann ist alles gut. Hinter sich hört sie das Lachen der Buben. Und dann den Vers:

»Ilse Bilse,
niemand willse,
kam der Koch,
nahm sie doch,
steckt sie in das Ofenloch.«

Ilse rennt schneller. Sie haßt dieses Lied, vor allem das ›niemand willse‹. Ilse Bilse, niemand willse, niemand willse, dröhnt es in ihrem Kopf, und ihre Füße schlagen den Takt dazu. Niemand will sie. Zur Marga sagt das keiner. Die Marga ist ja auch bei der Oma. Ganz klar ist es, daß die Oma die Marga will.
Ilse rennt an der alten Lene vorbei und erschrickt, weil sie viel zu nah an ihr vorbeikommt und nicht den gewohnten Bogen um sie gemacht hat. Ganz plötzlich ist das Gesicht

der Lene vor ihr, die blauverwaschenen Augen, die Ilse anschauen und doch an ihr vorbei, der eingefallene Mund, die weißen, strähnigen Haare, die so gar nicht zu der seltsam glatten rosa Haut passen.
»Guten Tag«, ruft Ilse im Vorbeirennen. Eine ganz hohe Kinderstimme hat sie vor Angst. Die alte Lene antwortet nicht, streckt aber ihre Hand nach ihr aus. Und obwohl Ilse im letzten Moment versucht auszuweichen, noch schnell einen Sprung zur Seite macht, spürt sie die streifende Berührung der alten Frau.
Die Frau Seifert will gerade ihren Laden zumachen, Mittagspause von halb eins bis drei, als Ilse sich schwer atmend gegen den Metallrahmen der Tür fallen läßt. »Für fünf Mark Fleischwurst«, sagt sie, »ich will für fünf Mark Fleischwurst.«
Frau Seifert schaut Ilse erstaunt an. »Du bist ja ganz schön abgehetzt«, sagt sie. »Hättet ihr euch das nicht früher überlegen können?«

2.

Ilse ist mir ihren Aufgaben fertig und schaut der Mutter beim Umziehen zu. »Ich geh mit zur Oma«, hat die Mutter gesagt. »Ich brauche Geld.«
»Laß mich vorgehen«, hat Ilse gebettelt, »du kannst ja nachkommen.« Sie haßt den Streit um Geld zwischen der Mutter und der Oma.
»Nein, wir gehen zusammen, du wartest auf mich.«
Die Mutter hat das ärmellose Sommerkleid ausgezogen und steht jetzt in dem dünnen Perlonunterrock vor Ilse.
»Soll ich das rote Kostüm anziehen? Was meinst du?«
Ilse zuckt mit den Achseln. »Wenn du willst.«
»Es sieht immer noch ganz gut aus«, sagt die Mutter und nimmt den Kleiderbügel mit dem Kostüm aus dem Schrank. »Obwohl es jetzt doch schon über drei Jahre alt ist. Der Rock ist ein bißchen zu kurz. Aber das macht nichts. Meine Beine können sich sehen lassen. Meine Knie auch. Ich bin nicht fett geworden wie die anderen in meinem Alter.«
Die Beine der Mutter schauen dünn und blaß unter dem Unterrock heraus. Wie Kartoffeltriebe sehen sie aus, denkt Ilse, wie die Keime, die man immer abbrechen muß vor dem Schälen.
»Hast du gesehen, was die Schuster für Knie hat?« fragt die Mutter. »Ganz aufgequollen und wabbelig.« Sie zieht den Reißverschluß am Rock hoch. »An den Beinen ist meine Haut auch ganz gut, findest du nicht?«

An den Beinen hat die Mutter wirklich nicht diese schilfernde, schuppige Haut wie im Gesicht und an den Armen. An den Beinen ist ihre Haut normal. Aber Ilse mag sie nicht so sehen, so halbnackt. Sie schaut weg und kratzt mit dem Fingernagel vorsichtig an ihrer Warze.
Die Mutter geht in die Küche, holt von dem Ablagebrett neben dem Spülstein die Bürste, fährt sich durch die Haare, greift dann nach dem Lippenstift und malt ihren Mund an. »Er schmeckt schon ranzig«, sagt sie. »Ich brauch bald einen neuen.«
Ilse wartet ungeduldig darauf, daß sie endlich fertig wird. Frau Schuster steht im Treppenhaus, einen Eimer voll dampfender grauer Brühe neben sich. Sie ist diese Woche dran mit dem Treppenputzen. Ilse hält sich am Geländer fest und schiebt ihren Körper vorsichtig an dem Eimer vorbei.
Die Frau Schuster wischt sich die Haare aus der feuchten Stirn. »Na, Gertrud, wo geht's denn hin so fein?«
»Zu meiner Schwiegermutter. Sie muß mal wieder was rausrücken. Kann sich keiner vorstellen, was drei Kinder kosten. Und der Schorsch bezahlt kaum was. Macht sich ein schönes Leben und kümmert sich um nichts. Da muß ich mich an seine Mutter halten.«
»Recht hast du, Gertrud, sag's der Alten nur richtig. Die bildet sich sowieso wer weiß was ein, nur weil sie das eigene Häuschen hat.«
Ilse lehnt unten an dem Pfosten neben der Eingangstür und beobachtet die beiden Frauen. Gegen die Schuster sieht ihre Mutter wirklich gut aus. Wenn sie nur nicht diese Haut hätte. Frau Schuster hat nichts an unter der Kittelschürze, ihre Brüste schwabbeln unter dem grauen, drek-

kigen Stoff, wenn sie sich bewegt. Vorn fehlt ihr ein Knopf, sie hat die Schürze mit einer Sicherheitsnadel zugesteckt.
»Na ja«, sagt die Mutter. »Sie haben schwer gearbeitet für das Häuschen, die alten Lautenschlägers, das muß man ihnen lassen. Geschenkt worden ist ihnen nichts.«
Die Frau Schuster reckt sich hoch, streckt ihren krummen Rücken, streicht sich über die strähnigen Haare. »Uns wird auch nichts geschenkt«, sagt sie. »Hol aus der Alten raus, was du kannst, Gertrud.«
»Probier ich ja. Aber jede Kuh ist mal leergemolken. Und jeder Stier auch.«
»Ein paar Tropfen kriegt man immer noch raus.«
Die beiden Frauen lachen wie über einen Witz, den Ilse nicht versteht. Sie lacht trotzdem mit.
»Paß auf«, sagt die Schuster, »die Treppe ist noch naß.« Und die Mutter stakst mit ihren hohen Absätzen über die nassen, abgetretenen Holzstufen, hält sich am Geländer fest und lacht noch einmal laut und irgendwie ohne Grund.
Auf der Straße ist es heiß und staubig, die Luft steht flimmernd über dem Asphalt. »Ich hätte besser doch nicht das Kostüm angezogen«, sagt die Mutter. »Ich werde wieder Schweißflecke kriegen. Und die Alte wird drauf schauen.« Sie wischt sich über die Stirn. Weiße Hautschuppen bleiben auf dem roten Ärmel hängen. Die Mutter klopft sie ab. »Ich vertrage einfach keine Sonne, das hat der Doktor auch gesagt. Mit so einer Haut nicht, hat er gesagt. Aber die neue Salbe, die er mir verschrieben hat, taugt genauso wenig wie die andern. Nur Geld wollen sie verdienen, diese Ärzte. Deshalb schreiben sie einem alles mögliche auf, das dann doch nicht hilft.«

Ilse, die insgeheim immer Angst hat, sie würde doch noch so eine Haut bekommen, fragt: »Als du so alt warst wie ich, hattest du das da schon?«
»Ja. Schon als ganz kleines Kind habe ich es gehabt.«
Sie gehen nebeneinander die Bergstraße entlang, biegen nach dem Kornmeierhaus links ab in die Bachgasse, die parallel zur Hauptstraße verläuft. »Schlurf nicht so mit den Füßen«, sagt die Mutter. »Sonst sind die Schuhe auch gleich wieder kaputt.«
Ilse hebt, solange sie daran denkt, die Füße richtig hoch über dem Pflaster.
»Ich geh lieber durch die Bachgasse«, sagt die Mutter. »In der Hauptstraße hängen all die Weiber an ihren Fenstern und schauen heraus. Wie die einen anstarren. Dabei sollten die sich an ihrer eigenen Nase ziehen. Wenn die über dreißig sind, haben sie doch alle dicke Bäuche und fette Ärsche. Aber wir nicht! Wir Schragendorfers haben eine gute Figur, stimmt's?«
Ilse nickt. »Die Schragendorfer-Oma ist auch nicht dick.«
»Ja. Das soll ihr mal einer nachmachen. Mit sechsundfünfzig.«
Als sie zur Bäckergasse kommen, geht die Mutter langsamer. Jetzt ist es nicht mehr weit. Am Zaun von der alten Kinderschule bleiben sie stehen. Im Garten blühen Glokkenblumen und Rittersporn, und durch die halbverfaulten Latten fallen rote Pfingstrosen an überlangen Stengeln.
»Die weißen sind alle schon verblüht«, sagt Ilse. »Aber mir gefallen sowieso die roten besser.« Sie bückt sich und drückt ihre Nase an die Blütenkugeln. »Ich wollte, wir hätten auch so einen Garten.«
Die Mutter strafft die Schultern, geht aufrecht und stolz in

ihrem roten Kostüm, geht durch die Bäckergasse, zwanzig oder dreißig Meter sind das nur, und biegt dann links ab, den Berg hinauf. Ilse zögert, macht kleinere Schritte, läßt jetzt einen Abstand zwischen sich und der Mutter.
Bergbachstraße elf wohnt die Oma. Ilse geht hinter dem roten Rücken ihrer Mutter her, überzeugt sich durch einen verstohlenen Blick zur Seite, daß der verrückte Fischer nicht in seiner runden Toreinfahrt steht, und bewundert im Vorbeigehen die Rosen in Schlosser Brandstetters Vorgarten.
Das Haus von der Oma liegt nicht direkt an der Straße, man muß ein paar Schritte über einen ungeteerten Weg gehen, dann kommt man an das schmiedeeiserne Hoftor. Die Tür zum Waschhaus ist offen, die Oma kocht Weißwäsche. Mit einem langen Holzlöffel rührt sie in der Brühe herum. Die Bettücher wickeln sich um den Stiel, und die Oma muß ihn immer wieder anheben und schütteln, um die Wäsche freizubekommen.
Sie dreht den Kopf. »Ach, ihr seid es«, sagt sie.
»Ja, Oma.«
»Na, wie geht's den Kindern? Gertrud, du könntest mir den Dieter mal schicken, für den Acker, da könnte ich ihn gut brauchen.«
»Mach ich, Oma.«
»Für die Marga ist das Hacken zu schwer. Sie ist ja sonst recht anstellig, kann man nichts sagen, wirklich nicht. Wer die mal kriegt. Da muß man ja jetzt auch bald dran denken, wo sie nächstes Jahr schon aus der Schule kommt.«
»Wo ist sie jetzt?« fragt die Mutter.
»Drüben, bei der Geibel Maria. Sie hilft ihr mit dem

Kleinen. Dafür kriegt sie dann jede Woche ein paar Mark.«

Ilse ist zur Oma hingegangen, nimmt ihr den großen Holzlöffel aus der Hand und rührt. Süßlich stinkender Dampf steigt ihr in die Nase.

»Geld«, sagt die Mutter. »Ich brauche Geld. Ihr habt noch andere Enkel, nicht nur die Marga.«

»Wir können nicht für alle sorgen«, sagt die Oma und wischt sich die großen Schweißtropfen aus der Stirn. »Du kriegst ja Geld. Vom Schorsch und vom Sozialamt.«

»Das langt nicht.«

»Du könntest putzen gehen«, sagt die Oma. »Dann hättest du was extra. Ich geh ja auch immer putzen im Winter, wenn der Opa arbeitslos ist.«

Die Mutter bekommt ein ganz rotes Gesicht. »Wenn der Schorsch nicht mit dieser Hure abgehauen wäre, dann bräuchte ich nicht bei dir um Geld zu betteln. Dann könnte er für seine Kinder sorgen.«

Ilse beugt sich über den Waschkessel und starrt in die weißlichgraue, blasige Seifenbrühe. Dampf dringt ihr in Mund und Nase. Sie muß husten, versucht den unangenehmen Geschmack wegzuprusten. Die Oma hat sich aufgerichtet, stemmt die Arme in die Seite und sagt leise: »Er wird schon einen Grund gehabt haben, daß er weggegangen ist.«

»Was für einen denn? Sag mir doch, was er für einen Grund gehabt hat, der Schorsch.«

Die Oma sagt noch leiser als vorher. »Wenn man es einem Mann recht macht, dann geht er nicht fort.«

Ilse sieht, daß die Mutter sich jetzt bemühen muß, ihren Ärger zu beherrschen. Die Wut läßt ihr Gesicht aufquellen

und rot werden wie bei dem Truthahn, der beim Degnerbauern im Hof herumläuft. Aber sie nimmt sich zusammen. Ilse weiß, daß sie das nicht deshalb tut, weil sie die Oma mag. Sie will Geld. Ilse hört den Haß in der Stimme ihrer Mutter. Wie eine Schlange zischt sie: »Was habe ich ihm denn nicht recht gemacht? Was denn? Habe ich nicht immer die Beine auseinandergemacht, wenn er das wollte? Habe ich ihm nicht die vier Kinder auf die Welt gebracht?«
Die Oma kneift die Lippen zusammen. Wie Striche sind sie jetzt. Ilse schaut der Oma mitten hinein in dieses großporige Wabbelgesicht mit den zusammengepreßten Lippen. Eine mächtige Nase hat die Oma, und graue Haare wachsen ihr aus den Nasenlöchern. Der Leberfleck an ihrer Oberlippe zittert. »Das ist nicht alles«, sagt sie böse. »Ein ordentliches Haus braucht ein Mann. Was Richtiges auf den Tisch.«
»Ein Hurenbock ist er, dein Sohn, das ist alles«, schreit die Mutter. Ilse läßt den Holzlöffel los und drückt sich in die hinterste Ecke des Waschhauses, dahin, wo immer noch der Zementtrog steht, weil die Oma früher mal ein Schwein im Waschhaus gehalten hat. Die Oma nimmt den Löffel, rührt weiter in dem Waschkessel und schaut nicht hoch, als sie sagt: »Sei doch leise. Wenn dich jemand hört.«
»Das kann jeder hören«, schreit die Mutter weiter. »Das ist die Wahrheit. Und wenn ihr mir nicht helft, dann hole ich die Marga zu mir, dann kriege ich mehr vom Sozialamt.«
Die Oma wischt sich wieder über die Stirn. Es ist wirklich heiß hier drin. »Komm«, sagt sie.
Ilse geht langsam hinter den beiden her in die Küche. »Das

hättest du nicht zu sagen brauchen vor dem Kind«, sagt die Oma und schiebt Ilse eine Limoflasche zu. Dann macht sie die Glastür im Küchenschrankoberteil auf. Ganz hinten, hinter den Tassen, steht die alte Zuckerdose mit dem Geld. Die Oma nimmt einen Schein heraus, einen Fünfziger, glättet ihn zwischen Daumen und Zeigefinger und reicht ihn der Mutter. Die Mutter grabscht danach und läßt ihn in der Jackentasche verschwinden. »Dankeschön«, sagt sie. »Das hilft für's erste.« Sie hat jetzt wirklich große Schweißflecke unter den Achseln.

»Für diesen Monat kannst du nichts mehr haben«, sagt die Oma mit einer ganz müden Stimme. »Für diesen Monat nicht mehr.«

Die Mutter nickt. »Danke«, sagt sie noch einmal. »Nichts für ungut«, sagt sie.

Das Gesicht von der Oma ist schlaff und verschwitzt. Alt sieht sie aus.

»Wann soll ich dir den Dieter schicken?«

»Morgen«, antwortet die Oma. »Morgen gleich nach der Schule. Er soll mir auf dem Acker helfen.«

»Gut, dann geh ich jetzt wieder. Auf Wiedersehn, Oma. Und grüß den Opa und die Marga.« Die Mutter hält die Hand fest über der Jackentasche mit dem Fünfzigmarkschein.

Die Oma nickt.

Als die Mutter gegangen ist, lehnt sich Ilse an die Oma mit dem alten Gesicht. »Ich helf dir beim Waschen«, sagt sie. »Soll ich dir beim Waschen helfen?«

»Ja«, sagt die Oma. »Ich hab noch Unterhosen für dich. Wenn wir fertig sind, geb ich sie dir.«

Die Oma hebt mit dem Stiel des Holzlöffels die Wäsche

aus dem Kessel, stemmt ihn mit beiden Armen hoch, wartet ein bißchen, bis die schweren, weißlappigen Wäschestücke abgetropft sind, und schwenkt dann die Arme zur Seite. Das kalte Wasser spritzt auf, als sie die Wäsche in den bereitstehenden Zuber wirft. Bis auf Ilses Beine spritzen die Tropfen.
»Nimm den Eimer«, sagt die Oma. »Hol frisches Wasser. Aber zieh vorher deine Schuhe aus, damit sie nicht naß werden.«
Dann steht Ilse am Wasserhahn im Hof und sieht zu, wie der Eimer volläuft. Im Winter bindet der Opa immer alte Lappen um das Rohr, das direkt neben dem Eingangstreppchen aus dem Boden kommt und ein Stück an der Hausmauer hochführt. »So ein Rohr ist gleich geplatzt«, sagt er. Breitbeinig steht Ilse über den vollen, schweren Eimer gebeugt, hebt ihn an, rückt ihn ein Stück weiter. Gott sei Dank sind es nur ein paar Schritte bis zum Waschhaus, viel weiter hätte sie es auch nicht geschafft. Die Oma wringt die einzelnen Wäschestücke aus, Bettücher, Kopfkissenbezüge, Unterhosen, Hemden, Handtücher, und wirft sie in eine große Plastikwanne. Ilse stemmt den Eimer hoch und kippt das Wasser hinein. Dann geht sie wieder zurück, dreht den Wasserhahn an, wartet. Sie reden nicht viel bei der Arbeit, aber Ilse ist zittrig und durchgeschwitzt, als sie fertig sind. Im Hinterhof, da, wo zwischen dem Hühnerstall und dem Holzschuppen die Wäscheleine gespannt ist, hält Ilse der Oma die Klammern hin zum Aufhängen.
»So«, sagt die Oma endlich, »jetzt hätten wir's.«
Sie gehen in die Küche. Ilse nimmt sich ein Glas Limonade und setzt sich an den Tisch. »Hier«, sagt die Oma und legt

zwei Unterhosen vor sie hin. Weiß sind sie, aus innen angerauhtem Baumwollstoff.
»Aber die sind doch dick«, sagt Ilse, »und haben Beine.« Bei Frau Stöcker im Schaufenster liegen buntbedruckte, dünne Unterhosen, ganz ohne Beine.
»Das ist gesund«, sagt die Oma. »Ich versteh euch Kinder nicht. Du wirst mir noch mal dankbar sein, wenn du älter bist. Den Unterleib hat man sich schnell verkühlt.«
Aber die Strümpfe sind schön. Blau-weiß gestreift. Ilse drückt sie an ihr Gesicht. Sie weiß nicht, warum sie am liebsten geweint hätte.
»Gehst mir nachher noch einkaufen«, sagt die Oma. »Ich bin in der letzten Zeit wieder schlecht auf den Beinen.«
Ilse nickt. »Ja, Oma.«
»Gibt sie euch auch genug zu essen?« fragt die Oma und greift prüfend nach Ilses Schulter.
»Doch, Oma.«
»Na ja«, sagt die Oma und schmiert ein Brot für Ilse. »Die Schragendorfers sind alle so dünn.«
Ilse, obwohl sie eigentlich keinen Hunger hat, stopft das Brot in sich hinein.

3.

Ilse geht nicht gern in die Schule. Mittags, wenn sie ihre Aufgaben gemacht hat, ist sie froh, daß sie alles vergessen kann, was damit zusammenhängt. Aber morgens, wenn sie aufwacht, wenn sie weiß, sie muß jetzt aufstehen, sich anziehen, in die Schule gehen, ist die Angst wieder da. Es ist immer dasselbe. Wenn sie das Haus verläßt, hofft sie, die anderen würden sie heute in Ruhe lassen, sie einfach übersehen. Und weiß trotzdem schon ganz genau, daß sie kein Glück haben wird.

Sie geht auf dem Randstein, auf diesen schmalen, aneinandergereihten Betonstreifen, die den Bürgersteig von der Straße trennen. Wenn ich nicht auf die Ritzen trete, denkt sie, wenn ich bis zur Ecke vom Kornmeierhaus nicht auf die Ritzen trete, dann geht heute alles gut. Dann ist die Marion vielleicht krank. Oder sie schaut mich gar nicht an. Ilse muß lange Schritte machen und manchmal doppelt auftreten zwischen den abgebröckelten Ritzen. Sie wundert sich, daß aus manchen Grashalme herauswachsen, obwohl doch gar keine Erde dazwischen ist. Der Krämer Klaus und der Manfred vom Zieglerwirt kommen von hinten und verlangsamen ihre Schritte, als sie neben Ilse angelangt sind. Der Klaus rempelt sie an. Sie stolpert, versucht noch im Stolpern einer Ritze auszuweichen und tritt dann doch darauf.

»Schau mal, die Ilse heult«, sagt der Manfred.

Klaus stößt ihr noch einmal die Faust in die Seite. »Ilse

Bilse, niemand willse.« Dann rennen die beiden an ihr vorbei auf die andere Seite, wo sie sich den Spenglerbuben anschließen.

Noch höchstens zwanzig Schritte wären es gewesen bis zum Kornmeierhaus, nicht mehr. Ilse lehnt sich an die Hauswand und weint. Doch dann wischt sie sich die Tränen aus den Augen, zieht schniefend die Nase hoch und geht weiter. Es hilft ja nichts. Und wenn sie nun auch noch zu spät kommt, schauen sie alle an, wenn sie in die Klasse tritt, und der Stumpff meckert. Morgen, denkt sie, morgen probiere ich das wieder, das mit den Ritzen.

Jeden Tag stellt sie das Schicksal auf die Probe, jeden Morgen denkt sie sich etwas anderes aus. Wenn mehr als sieben Autos an ihr vorbeifahren, bis sie am Konsum die Bergstraße verläßt, oder wenn sie ohne einzuatmen an vier Häusern vorbeirennen kann, dann wird alles gutgehen. Vor zwei Wochen hat sie morgens auf dem Schulweg den Schornsteinfeger getroffen.

Schornsteinfeger,
schwarzer Neger,
über die Mauer,
Äppelklauer.

Wenn man einen Schornsteinfeger sieht, muß man etwas Schwarzes anfassen und sich dabei was wünschen. Wenn man dann noch drei Leute mit Brille trifft, geht der Wunsch in Erfüllung. Sie hat an jenem Tag drei Leute mit Brille getroffen, sie ist einfach so lang am Konsum stehengeblieben und hat gewartet, bis sie drei Leute getroffen hatte. Und es ist ein guter Tag gewesen. Die Marion war

krank, und der Herr Stumpff hat gute Laune gehabt. Aber heute wird nicht so ein Tag sein, heute nicht.
Als Ilse die Tür vom Klassenzimmer aufmacht, sieht sie, daß Marion nicht krank ist. Eine hellblaue Bluse hat sie an. Ilse senkt den Kopf und schleicht auf ihren Platz.
Marion ist am schlimmsten. Marion muß neben Ilse sitzen, weil Herr Stumpff es so verlangt hat. Ilse weiß, warum er ausgerechnet Marion neben sie gesetzt hat. Marion ist nicht aus dem Dorf. Letztes Jahr erst ist sie aus der Stadt gekommen. Sie hat keinen Vater, ihre Mutter arbeitet in der Papierfabrik. Deshalb hat der Herr Stumpff das gemacht. Wenn er die Gisela oder die Evelyn oder die Karin neben Ilse gesetzt hätte, wären ihre Mütter gekommen und hätten sich beschwert. Die hätten sich das getraut, die sind wer im Dorf. Aber Marions Mutter kommt nicht. Marion sitzt weiter neben Ilse und läßt ihre Wut darüber an ihr aus.
Marion tritt sie heimlich unter der Bank ans Schienbein und sagt scheinheilig: »Entschuldigung.«
Marion schubst sie, wenn Ilse gerade mit dem Füller einen Aufsatz ins Reine schreibt.
Marion sagt: »Die Ilse ist eklig.«
Marion sagt: »Die Ilse ist blöd.«
Marion sagt: »Neben so einer sollte kein normales Kind sitzen müssen.«
Marion ist hübsch und gescheit und hat viele Freundinnen.
Als Ilse ihren Ranzen unter die Bank schiebt, rempelt Marion sie an. »Kannst du nicht aufpassen«, sagt sie, »machst dich da dick und fett, als wärst du wer weiß wer.«
Ilse rückt noch ein wenig weiter zur Seite. Sie versucht, ganz klein und unauffällig zu sein, rührt sich fast nicht, hat

die Hände gerade vor sich auf dem Tisch liegen. Sich unsichtbar machen, das müßte man können, denkt sie, eine Tarnkappe müßte man haben.
Die Oma erzählt manchmal Märchen, abends, in der Dämmerung, wenn es noch zu schade ist, Licht anzumachen, weil der Strom so teuer ist. Ilse hat da auch schon oft zugehört, auf dem Stuhl am Küchentisch sitzend, den Kopf in die Hände gestützt, aufgeregt und glücklich. Das Türchen vom Herd ist offen gewesen, und der Feuerschein ist durch die Küche geflackert. Schön ist das, wenn die Oma erzählt. Im Märchen gibt es Leute, die können sich unsichtbar machen. Wenn eine Fee käme und sagte: Ilse, du hast einen Wunsch frei. Was willst du?, würde Ilse sofort und ohne Zögern sagen: Eine Tarnkappe.
Aber es gibt keine Märchen. Es gibt keine Feen. Und sie sitzt hier neben Marion.
Marion kommt mit ihrem Gesicht ganz nah zu Ilse, zieht geräuschvoll die Luft ein, hält sich die Nase zu und flüstert so leise, daß Herr Stumpff es nicht hören kann: »Du stinkst.«
Ilse rückt noch ein bißchen weiter weg, weiter geht es jetzt wirklich nicht mehr, ihre Knie drücken schon gegen das Tischbein. Wenn sie nur eine Tarnkappe hätte.
Sie glaubt nicht, daß sie stinkt, kann auch nichts riechen, als sie den Kopf senkt, um mit ihrer Nase näher an ihre Achselhöhle zu kommen. Aber in der Pause, als Herr Stumpff rausgegangen ist, sagt Marion ganz laut in die Klasse: »Die Ilse stinkt. Nach Pipi stinkt sie.«
Die anderen Mädchen kommen ganz nah heran und wollen an der Ilse riechen. Sie ist aufgestanden und weicht zurück in die Ecke hinter der Tafel.

»Du stinkst, du stinkst«, ruft Marion und tanzt vor ihr herum. »Es ist eine Schande, daß ein normales Kind neben dir sitzen muß.«
»Sie stinkt wirklich«, sagt Elke und hält sich die Nase zu.
»Hast du in die Hosen gemacht?« fragt Christian.
Ilse wird immer kleiner und drückt sich gegen die Wand. Sie wäre am liebsten im Erdboden verschwunden, so schämt sie sich.
»Die ist sogar zu blöd zum Pinkeln«, sagt Marion. »Ich wette, die hat sich die Hose verpinkelt.«
Ilse sieht keine Gesichter mehr, nur noch Münder, die ihr immer näher kommen.
»Ilse Bilse, pinkeln willse«, schreit Marion in das Gelächter.
Da greift Ilse nach dem großen Lineal, das an der Wand hängt, und haut es der Marion auf den Kopf. Auf einmal ist es ganz still. Ilse sieht auch wieder Gesichter, sieht die Augen, die sie erschrocken und neugierig anstarren. Und sie sieht Marion, die überrascht ihren Kopf abtastet, die Hand zurückzieht und, als sie einen winzigen Blutstropfen auf ihrer Fingerkuppe entdeckt, laut zu weinen anfängt.
Ein Maul wie ein Frosch hat die Marion, denkt Ilse. Und dann merkt sie erst, daß sie das Lineal in den Händen hält, versteht, daß sie es war, die das getan hat. Sie fängt an zu zittern.
Marion schreit. Ganz hohe, durchdringende Töne kommen aus ihrem Froschmaul. Ilse sieht das Gesicht. Sie hat Angst. Plötzlich ist es ganz still um sie. Der Mund vor ihr ist immer noch geöffnet, die Zunge schiebt sich vor und

zurück, ganz rot ist Marions Gesicht vor Anstrengung, aber Ilse hört nichts. Es sieht komisch aus ohne Ton. Und obwohl sie solche Angst hat, daß sie kaum atmen kann, muß Ilse lachen. Herr Stumpff kommt, betrachtet Marions Kopf, bewegt die Lippen. Aber Ilse hört immer noch nichts. Die Kinder setzen sich, auch Marion, und Herr Stumpff nimmt Ilse bei der Hand und zieht sie hinter sich her in das Lehrerzimmer. Sie wundert sich, daß sie gehen kann, sie läßt sich ziehen, läßt sich auf einen Stuhl drücken und lacht in dieses aufgeregte Gesicht, in dem der Mund auf- und zuklappt wie bei einer Kasperlepuppe. Und dann ist noch ein anderes Gesicht da, das von Frau Bayerlein, der Lehrerin aus der zweiten Klasse. Frau Bayerlein legt den Arm um Ilse. »Warum hast du das gemacht?« fragt sie. Ilse kann wieder hören.
»Du mußt dir doch was gedacht haben dabei«, sagt Frau Bayerlein.
Ilse schweigt.
»Es gibt immer Ärger mit ihr«, sagt Herr Stumpff. »Sie tut eigentlich nie wirklich was, das heute war das erste Mal, aber trotzdem bringt sie alle anderen gegen sich auf, ich weiß auch nicht, warum. Sie ist ganz anders als ihre Schwester, die Marga. Die habe ich zwei Jahre in der Klasse gehabt, eine gute Schülerin, wirklich. Aber die wächst ja auch bei den Großeltern auf. Ordentliche Leute sind das, die Lautenschlägers. Aber die Ilse. Ich weiß nicht, was ich mit ihr machen soll. Ich versteh sie einfach nicht.«
»Warum hast du das gemacht?« fragt Frau Bayerlein.
Ilse sitzt stocksteif und rührt sich nicht.
»Hat die Marion dir was getan? Hat sie dich geärgert?«

Ilse zieht die Schultern hoch.
»Sie sehen ja, wie verstockt sie ist«, sagt Herr Stumpff. »Vorhin, als ich in die Klasse gekommen bin, hat sie gelacht. Ich bitte Sie, haut einer Mitschülerin ein Lineal über den Kopf und lacht auch noch.«
Ilse betrachtet ihre Hände. Sie hat sie so fest zu Fäusten geballt, daß die Knöchel weiß geworden sind. Ich muß nur warten, denkt sie, und ganz still sein. Dann ist es gleich vorbei. Sie können mich ja nicht immer hier sitzen lassen. Gleich ist es vorbei.
Frau Bayerlein und Herr Stumpff sind ans Fenster getreten und unterhalten sich leise miteinander. »Ich versteh das nicht«, hört Ilse den Herrn Stumpff sagen, »in meiner ganzen Laufbahn als Lehrer habe ich so ein Kind noch nicht erlebt.«
Ilse denkt daran, was die Mutter sagen wird. Sie hat Angst vor der Mutter. Aber noch mehr Angst hat sie jetzt vor Herrn Stumpff. »Nicht überbewerten«, sagt Frau Bayerlein gerade. »Man sollte es vielleicht nicht so ernst nehmen.« Ilse senkt den Kopf. Es ist ernst, sie weiß es besser. »Sonderschule«, murmelt Herr Stumpff. »Lernbehindert.«
Frau Bayerlein redet leise auf ihn ein. Ilse kann sie nicht mehr verstehen, so leise redet sie. Aber sie hat eine freundliche Stimme. Wie Blätterrauschen im Wald klingt es, wenn sie so leise redet.
Dann sitzt Frau Bayerlein wieder vor ihr, nimmt Ilses Hände in ihre. Jetzt erst, gegen die Wärme von Frau Bayerleins Haut, fühlt Ilse, wie kalt ihre Hände sind. Sie sind auch nicht sehr sauber. Sie hat zwei Warzen auf der linken Hand, eine an der Wurzel des Ringfingers, eine auf

dem obersten Daumengelenk, und ihre Nägel sind schmutzig und abgekaut.
»Verdammt noch mal«, schreit Herr Stumpff. »Wenn du einer Mitschülerin ein Lineal überhaust, wirst du doch noch wissen, warum.«
Ilse schüttelt den Kopf.
»Hat dir die Marion was getan?« fragt Frau Bayerlein. »Du kannst es uns ruhig sagen.«
»Nein.«
»War es vielleicht aus Versehen? Habt ihr mit dem Lineal gespielt, und du hast aus Versehen die Marion getroffen? So war es doch, oder?«
»Nein«, flüstert Ilse. Bald ist es vorbei, denkt sie. Sie können doch nicht immer so weiterfragen.
»Ohne Grund?« fragt Frau Bayerlein.
Ilse nickt.
Herr Stumpff starrt sie an. Ilse wendet den Kopf zur Seite.
»Also gut«, sagt er. Seine Stimme ist müde. »Gehen wir wieder in die Klasse. Ich werde mal mit deiner Mutter reden müssen.«
Der Platz neben Ilse ist leer. Marion hat ihren Stuhl zu Elke und Gisela geschoben. Herr Stumpff sagt nichts dagegen. Er geht zum Tisch und macht seine Tasche auf. »Lesebücher raus. Eberhard, fang an, auf Seite 79.«
Eberhard liest vor, danach Christian, dann Peter, immer der Reihe nach. Als Ilse dran wäre, warten alle einen Augenblick, schauen sie an, ob sie weiterliest. Aber Ilse hat es gar nicht mitbekommen, daß sie dran ist. Sie hat nicht zugehört, hat aus dem Fenster hinausgeschaut in den Himmel. Ein Vogel ist vorbeigeflogen, eine Schwalbe. Schwalben bringen Glück, denkt Ilse. Wie die Oma sich

gefreut hat, als ein Schwalbenpaar unter ihrem Dachfirst ein Nest gebaut hat. Schwalben bringen Glück. An unserem Haus ist kein Schwalbennest. Ob Schwalben nie an Gemeindehäusern nisten?

4.

Ilse kehrt den Hof. »Wir sind dran«, hat die Mutter gesagt. »Kehr auch die Straße. Und mach's ordentlich, nicht daß die Knieser wieder was zu meckern hat.«
»Ja, Mama.« Ilse hat den Besen genommen und hinter dem Haus angefangen. Reisig liegt herum, irgend jemand hat nicht aufgepaßt beim Holzholen, und Bonbonpapier. Das hat der Philipp hingeschmissen, immer hat der Bonbons. Der Boden ist schwer zu kehren, weil er nicht gepflastert ist. Bei jedem Besenschwung wehen dicke Staubwolken hoch. Ilse muß niesen. Sie klemmt den Besen zwischen die Beine und reibt sich die Augen.
Frau Schuster kommt mit dem Philipp an der Hand aus der Haustür und ruft nach Ilse. »Tu mir einen Gefallen«, bittet sie. »Bleib ein bißchen beim Helmut. Ich muß mal schnell einkaufen, und sonst ist niemand da. Ich weiß wirklich nicht, wo sich der Bruno immer rumtreibt. Nie ist er da, wenn man ihn braucht.«
Ilse lehnt den Besen an die Hauswand und geht hinein. Das Zimmer, in dem Helmut liegt, befindet sich direkt unter ihrem Schlafzimmer. Ilse geht nicht gern zu Helmut, sie weiß nicht, was sie mit ihm reden soll. Sie hat es vor seinem Unfall nicht gewußt, und jetzt erst recht nicht. Außerdem stinkt es in diesem Zimmer nach Pisse. Aber heute ist das Fenster über Helmuts Bett geöffnet.
»Brauchst du etwas?« fragt sie und setzt sich auf den Stuhl neben ihm.

»Nein«, antwortet er. »Jetzt nicht. Willst du ein Stück Schokolade?«
Sie nimmt den Riegel, den er ihr hinhält, und beißt hinein. Helmut ist ganz weiß im Gesicht, und die Haut spannt sich über seinen Backenknochen. Ilse erinnert sich nicht mehr genau daran, wie er vor dem Unfall ausgesehen hat, aber so bestimmt nicht, nicht so weiß und nicht so mager. Auch solche Hände hat er nicht gehabt, mit so langen Fingern und so dünnen Gelenken. Er ist mit Horst und Henner im Fußballverein gewesen, das weiß sie noch genau.
»Ist das Wasser im Schloßteich jetzt sehr warm?« fragt Helmut. Auch seine Stimme hat sich geändert. Sie ist leiser geworden.
»Ja«, antwortet Ilse. Was soll sie sonst sagen? Das Wasser im Schloßteich ist immer warm im Sommer, schon weil er nicht besonders tief ist. Das weiß Helmut auch. Jedes Kind im Dorf weiß, daß das Wasser im Schloßteich jetzt warm ist.
»Brauchst du was?« fragt sie noch einmal. »Vielleicht ein Glas Wasser?«
Er schüttelt den Kopf. »Du kannst Mickymausheftchen lesen, wenn du willst. Hinter dem Nachttisch liegt ein ganzer Stapel.«
Ilse nimmt ein Heftchen und liest. Wenn das Fenster offen ist, ist der Gestank wirklich nicht so schlimm. Der Helmut riecht das wahrscheinlich überhaupt nicht, weil er immer hier liegt. Ich möchte nicht so daliegen, denkt sie und sieht Felder vor sich, blühende Blumen, den Bach. Wenn Frau Schuster wieder da ist, wird sie zum Elsbach gehen und im Wasser herumlaufen. In den Schloßteich traut sie sich nicht, da sind zu viele große Kinder.

»Vielleicht bekomme ich zu Weihnachten einen Rollstuhl«, sagt der Helmut. »Dann kann ich auch manchmal raus, wenn mich einer fährt.«
Ilse nickt.
»Jetzt bin ich noch nicht kräftig genug für den Rollstuhl. Aber der Doktor meint, bis Weihnachten geht's vielleicht.«
Ilse blättert in dem Heftchen. Sie liest nicht, sie tut nur so, als würde sie lesen, denn sie versteht nicht genau, was da geschrieben steht. Sie schaut sich lieber die Bilder an und denkt sich Geschichten dazu aus.
»Du kannst ruhig öfter mal kommen«, sagt Helmut. »Bei mir sind abends oft welche zum Fernsehen oder Kartenspielen. Der Horst zum Beispiel. Aber tagsüber bin ich immer allein.«
»Ja«, antwortet Ilse.
»Manchmal ist mir das zuviel, dieser Krach, wenn die anderen da sind«, sagt Helmut. »Manchmal fallen sie mir richtig auf die Nerven. Aber trotzdem, zu Hause ist es besser als im Krankenhaus. Acht Monate war ich dort.«
Ilse nickt. Helmut nimmt ein Buch und liest. Es ist ein Buch aus der Leihbücherei. Auf dem Buchrücken ist ein weißer Streifen mit einer Nummer. Heimlich betrachtet Ilse den knochigen Körper, der sich unter der dünnen Decke abzeichnet. Wie mager er ist, denkt sie. Es ist nichts dran an ihm. Das Bettuch ist nicht mehr ganz weiß, und in der Höhe, wo Helmuts Hintern liegt, hat es gelbe Flecken. Ilse wird rot, als sie da hinschaut. Alle drei Stunden schiebt Frau Schuster ihm die Bettpfanne unter und fummelt an ihm herum. Danach dreht sie ihn auf die andere Seite,

damit er sich nicht wundliegt. Ilse hat noch nie dabei zugeschaut, aber der Horst hat es erzählt.
Ilse hat schon vier Heftchen durchgeblättert, als Frau Schuster endlich zurückkommt. »Besuch mich mal wieder«, sagt Helmut. »Mittags bin ich immer allein.«
Ilse nickt und rennt aus der Wohnung. Die fünf Stufen zur Haustür springt sie auf einmal hinunter, federt in den Knien nach, steht. Dann stürzt sie aus der Haustür, rennt an dem Besen vorbei, hat vergessen, daß sie den Hof noch nicht fertig gekehrt hat, sie rennt und rennt, durch die Bergstraße, vorbei an der Schule, vorbei an der Friedhofsmauer, quer durch den Rübenacker vom Kirchhofsbauern zur Wiese, rennt durch das hohe Gras, schreit, als sie mit ihren nackten Füßen auf einen spitzen Stein springt, rennt humpelnd weiter und ist am Bach. Sie stellt sich mitten hinein in die Strömung. Das war ein Unglück, denkt Ilse. Das war ein richtiges Unglück, das mit Helmut. Sie hebt ihren kurzen Rock noch höher und betrachtet ihre langen Beine mit den knochigen Knien. »Ein Unglück«, sagt sie laut und fängt an zu pfeifen. Leise und piepsend kommen die Töne aus ihren gespitzten Lippen. »Mädchen, die pfeifen, und Hühnern, die krähn, soll man beizeiten den Hals umdrehn«, so sagt die Oma immer. Ilse lacht. Sie bückt sich, hebt einen Stein hoch und schleudert ihn, so fest sie kann, weiter oben in den Bach. Das Wasser spritzt auf, und die Tröpfchen glitzern in der Sonne. Sie zieht Kleid und Unterhemd aus und wirft sie auf die Wiese. Dann, nur in der Unterhose, legt sie sich ins Wasser und läßt es kalt und glucksend über ihren Körper laufen. Erst hält sie den Kopf noch hoch, dann taucht sie ganz unter. Langsam atmet sie aus unter Wasser, wartet, probt das

Sterben, fühlt, wie ihr das Blut hinter den Augen klopft und die Gier nach Luft ihr den Brustkorb fast sprengt. Sie reißt den Kopf hoch, atmet zischend und gurgelnd ein, lacht und wirft sich ins Gras. Sehr blau ist der Himmel, und sehr weit weg.

Später, nachdem sie sich von der Sonne hat trocknen lassen, pflückt sie einen Strauß aus Glockenblumen, ein paar letzte Margeriten, Butterblumen und Rispengräser. Die Sonne brennt auf ihren Rücken.

Sie hebt einen dicken Käfer aus dem Schatten unter einem Grasbüschel und setzt ihn auf ihren Handrücken. Sein runder Panzer glänzt in der Sonne wie reines Gold. Als sie ihm die Freiheit wiedergibt, torkelt er wie ein Betrunkener durch das Gras und verschwindet unter großen Löwenzahnblättern. Ilse lacht.

Auf dem Heimweg pfeift sie leise vor sich hin. In der Sandgasse spielen ein paar kleine Kinder hickeln. Ellen lehnt mit ihrem Ball an der Mauer und sagt: »Deine Mama hat dich gesucht.«

Die Mutter steht auf dem ersten Treppenabsatz und redet mit der Frau Schuster. »Wo bist du denn so lang gewesen?« fragt sie, als sie Ilse sieht.

»Am Bach«, antwortet Ilse und hält ihr den Blumenstrauß hin. »Schau mal, was für schöne Blumen das sind.«

Die Ohrfeige klatscht laut auf Ilses Backe. Sie läßt die Blumen fallen.

»Habe ich dir nicht gesagt, du sollst den Hof kehren?« schreit die Mutter.

Ilse dreht sich wortlos um, steigt langsam die Stufen wieder hinunter und nimmt den Besen. Der kleine Philipp sitzt auf dem Boden und spielt mit einem verbogenen Blechauto.

»Tüüüt«, sagt er und schaut Ilse an. »Hast du eine gekriegt?«
Ilse wendet das Gesicht ab. Vorsichtig tastet sie über ihre Backe, die sich heiß und geschwollen anfühlt.
»Hast du eine gekriegt?« fragt Philipp noch einmal.
»Halt's Maul«, sagt Ilse und fängt an zu kehren.
»Sie ist wie ihr Vater«, sagt die Mutter drinnen zur Frau Schuster. »Sie denkt nur an sich. Eine richtige Lautenschläger wird das. Ihr Alter ist auch immer abgehauen, wann er Lust gehabt hat, und ich hab daheimgesessen mit den kleinen Kindern und der vielen Arbeit. Aber ich treibe ihr das noch aus, da kannst du dich drauf verlassen.«
Ilse beißt sich auf die Lippen und kehrt dicke Staubschwaden gegen das graue Haus. Mit jedem Besenstrich wird das Haus grauer. Philipp nimmt sein Auto und rennt weg. Ilse kehrt und kehrt, bis sie in einer Wolke aus grauem Staub steht und der Himmel seine blaue Farbe verloren hat. Als sie fertig ist, stellt sie den Besen wieder in die Ecke hinter dem Schuppen und geht ins Haus. Ihre Backe brennt immer noch. Die Blumen liegen verstreut auf dem Treppenabsatz. Ilse kauert sich hin und sammelt sie auf. Blaue, weiße und gelbe Flecken. Sie öffnet die Tür zu Helmuts Zimmer und legt sie ihm auf die Bettdecke. »Hier«, sagt sie. »Für dich.«
Als Helmut die Blumen nimmt, sie einzeln betrachtet und an sein blasses Gesicht hält, geht Ilse schnell aus dem Zimmer. Er sieht so traurig aus.

5.

Horst, Dieter und Ilse sind auf dem Weg zum Kirchhofsbauern. Eigentlich heißt er Hartmann, der Kirchhofsbauer. Viele Leute im Dorf heißen Hartmann. Es gibt die Hartmanns in der Siedlung, die Hartmanns auf der Bachgasse, der Feldhüter heißt Hartmann und der Friseur in der Bergstraße. Der Hof des Bauern Hartmann liegt direkt am Friedhof. Manchmal, im Sommer, wenn der Mesner die Kirchentür offenläßt wegen der Hitze, kann man während des Gottesdienstes die Kühe muhen hören, sagt die Oma. Der Kirchhofsbauer ist der reichste Bauer im Dorf. Er hat an die dreißig Kühe, und Spargelfelder hat er und die großen Johannisbeeräcker am Hang.

Es ist sehr heiß. Wirklich, ein heißer Tag ist das. »Die Aufgaben könnt ihr später machen«, hat die Mutter gesagt. »Wir brauchen das Geld, auch wenn es nur ein paar Mark sind.«

»Ich geh nicht hin«, sagt Horst plötzlich.

»Aber die Mama will es doch.«

»Na und? Mehr als verhauen kann sie mich nicht. Ich geh mit dem Henner in den Schloßteich. Kommst du mit, Dieter?«

Dieter schüttelt den Kopf. »Nein, ich kriege bald ein Paar neue Schuhe. Darauf muß ich sparen.«

»Du bist ja blöd. Wenn du zehn Mark verdient hast, dann nimmt dir die Mama sowieso acht ab. Und für zwei Mark sich stundenlang abrackern?« Horst lacht. »Ohne mich.«

Vor der Metzgerei Seifert biegt er nach links ab und geht pfeifend die Hintergasse hoch. Dort oben an der Ecke wohnt der Henner mit seiner Mutter.

Dieter und Ilse gehen allein weiter. Dieter geht schnell, er rennt fast. Ilse sieht, daß er die Lippen fest zusammengepreßt hat. Das macht er immer, wenn er böse ist. Sie weiß, daß er sich ärgert, weil er nicht so sein kann wie der Horst, weil er nicht so lachen kann, weil er sich nicht einfach verhauen lassen kann und dann so tun, als wäre nichts gewesen. Horst kann das. Der Horst kann sich sogar wehren. Die Mutter hat mal eine Suppenschüssel nach ihm geworfen. Die Flecken kann man jetzt noch sehen, fettige Sprenkel sind an der Wand neben der Tür. Der Horst hat nur gelacht und ist abgehauen. Laut lachend hat er die Küchentür hinter sich zugeschlagen. Ilse hat die Scherben wegräumen müssen. Als der Horst ein paar Stunden später heimgekommen ist, hat die Mutter nur gesagt: »Du bist vielleicht einer!«, und dann haben sie zusammen gelacht. Ilse hätte sich so etwas nicht getraut, und der Dieter auch nicht.

Beim Kirchhofsbauern warten schon ein paar Frauen. Manche haben ihre Kinder dabei. »Na, kommst du auch mit?« fragt die Kirchhofsbäuerin und tätschelt Ilses Backe. Ilse zieht den Kopf ein.

»Also los, fahren wir.« Alle steigen auf einen offenen Erntewagen, der Kirchhofsbauer setzt sich auf den Traktor vor dem Wagen, und los geht's. Die Frauen reden und lachen mit roten, erhitzten Gesichtern.

»Wird ganz schön heiß werden heute auf dem Acker.«

»Das kannst du laut sagen. Zulage müßte der Bauer zahlen bei der Hitze.«

»Dann lohnt es sich nicht mehr«, sagt die Kirchhofsbäuerin. »Wir kriegen ja selbst kaum mehr was für das Obst.« Ilse sitzt ruhig da, eingeklemmt zwischen der Kirchhofsbäuerin und der Frau Keller. Sie schaut auf die beiden Körbe, die die Kirchhofsbäuerin vor sich stehen hat und die sie mit den Händen festhält. Drei Thermosflaschen sind darin mit Kaffee und drei Flaschen Limonade für die Kinder. Und ein ganzer Haufen belegte Brote.

Ilse macht die Augen zu und läßt sich durchrütteln auf dem holprigen Feldweg. Sie träumt davon, weit weg zu fahren, sehr weit weg, so weit, daß sie nicht mehr zurückkommen könnte. Die Mutter würde weinen und sagen: Wie meine kleine Ilse mir fehlt. Wenn ich nur wüßte, wo sie ist. Wenn sie nur wieder da wäre. Und die Oma würde traurig die Marga anschauen und denken, vielleicht hätte ich doch lieber die Ilse nehmen sollen. Aber die Ilse wäre weit weg. So weit, daß sie nie mehr zurückkommen könnte.

Die Johannisbeersträucher hängen voll. Es wird eine gute Ernte geben in diesem Jahr. Die Körbe mit dem Essen und Trinken werden auf den Sandplatz neben der Holzhütte abgestellt, und alle Frauen bekommen einen Spankorb und einen kleinen, einbeinigen Schemel. Ilse auch. Aber sie will den Schemel nicht, der ist ihr zu wacklig. Sie kniet lieber in dem warmen Sand.

Ilse sucht sich einen freien Strauch, kauert sich unter das grüne Blätterdach und fängt an zu pflücken. An den äußeren Zweigen des Strauches geht es leicht, da hängen dicke, große Trauben, da ist der Boden von Ilses Korb schnell bedeckt. Die Beeren sind prall und rot und leuchten fast durchsichtig in der Sonne. Wie das Rot auf den bunten Kirchenfenstern sieht es aus.

Wenn man zu fest zupackt, zerquetscht man die Beeren, und der rote Saft läuft einem an den Händen herunter. Ilse leckt ihre Finger ab und steckt sich schnell ein paar Beeren in den Mund. Sie drückt sie mit der Zunge an den Gaumen und fühlt, wie die Haut, die sich um das saftige, weiche Innere spannt, platzt. Sie sehen viel süßer aus als sie schmekken, die Johannisbeeren. Immer wieder ist Ilse überrascht davon. Aber sie mag diesen säuerlichen Geschmack. Nachher wird sie die Kirchhofsbäuerin fragen, ob sie ihr ein paar Johannisbeeren für den Helmut mitgibt.
Außenherum hat sie den Strauch schon leergepflückt, jetzt muß sie durch die kratzenden Zweige fassen, die Hände in den Strauch hineinstrecken, darunterkriechen, damit sie die innen hängenden Trauben nicht übersieht. Die Kirchhofsbäuerin paßt auf, daß niemand zu viel hängen läßt. Aber innen zu pflücken ist viel anstrengender und geht auch langsamer, weil die Trauben oft kleiner sind und weniger Beeren haben. Da dauert es lange, bis sich der Korb füllt. Ilse ist müde. Aber sie weiß, daß es noch eine ganze Weile dauern wird bis zur Kaffeepause.
Wer einen Korb voll hat, leert ihn in eine große Kiepe. Es wird aufgeschrieben, wie viele Körbe jeder ausleert. Die Kirchhofsbäuerin zählt mit. Sie kontrolliert auch, ob die Körbe voll genug sind und ob nicht zu viele Blätter zwischen den Johannisbeeren liegen. »Nicht abreißen«, sagt sie. »Das macht den Strauch kaputt. Pflücken.«
Ilse ist mit ihrem Strauch fertig und will sich einen neuen suchen, da wird sie von Frau Weizmann aufgehalten. »Mach mir meinen Strauch fertig, du kommst mit deinen kleinen Händen besser rein in die Mitte. Und bücken kannst du dich auch leichter.«

Ilse schüttelt den Kopf. »Nein.«
»Was heißt hier nein? Willst du auch noch frech werden?« Frau Hartmann, nicht die Bäuerin, die aus der Siedlung, die Frau vom Briefträger, mischt sich ein. »Du kannst dann meinen Strauch auch noch leerpflücken«, sagt sie. »Du kannst dich wirklich leichter bücken. Und sag ja nichts. Die anderen machen das auch. Alle lassen sich die Sträucher von Kindern nachlesen.«
Ilse hätte sagen können, daß die anderen Frauen ihre eigenen Kinder nachpflücken lassen, sie hätte sagen können, es wird nach Korb bezahlt und nicht nach Stunden, sie hätte die Frau Hartmann fragen können, warum sie nicht ihre eigene Tochter, die Gisela, mitgebracht hat zum Nachpflücken. Aber Ilse traut sich das nicht. Wenn Mama da wäre, denkt sie, dann wäre alles anders. Aber die geht ja nie mit. Sie hält die Weiber nicht aus, sagt sie. Die sind ihr viel zu blöd.
Ilse kniet neben dem Strauch von Frau Weizmann. Die Beeren sehen jetzt nicht mehr so prall und so rot aus, und die Sonne scheint nicht mehr so hell. Selbst der Gedanke an die bald fällige Kaffeepause ist jetzt nicht mehr schön. Ilse steht auf und geht zum Sandplatz. Niemand achtet auf sie. Immer wieder mal geht jemand hinter das Holzhaus zum Pinkeln, das ist ganz normal.
Ilse kauert sich hinter die Bretterwand. Dicht an das rauhe Holz gedrückt greift sie schnell hinaus, nimmt eine von den Thermosflaschen aus dem Korb und zieht den Korkpfropfen heraus. Der Kaffee dampft und hinterläßt einen dunklen Bach im Sand, bevor er versickert. Sie stöpselt die Flasche wieder zu und nimmt die nächste. Mit allen drei Flaschen macht sie das. Dann muß sie doch pinkeln, so

aufgeregt ist sie. Beim Zurückgehen zu dem fast leeren Strauch von Frau Weizmann paßt sie auf, daß sie nicht gesehen wird.
Jetzt sind die Beeren wieder dick und rot. Sie stopft sich den Mund so voll damit, daß ihr der Saft aus den Mundwinkeln rinnt und auf ihr buntgeblümtes Kleid tropft. Die Mama wird Krach machen wegen der Flecken.
Kaffeepause. Ilse steht mit den anderen auf, geht mit ihnen zum Sandplatz, läßt sich zwischen schwätzenden, aufgekratzten Frauen nieder. Ihr Herz klopft. Die Kirchhofsbäuerin nimmt eine Thermosflasche, zieht den Korken heraus, schüttelt ungläubig den Kopf, schaut in die Flaschenöffnung, dreht die Flasche um. Nur ein paar braune Tropfen fallen heraus und hinterlassen kleine, runde Flecken im Sand.
Die anderen Flaschen sind auch leer.
Die Kinder werden befragt, einzeln beschuldigt, aber sie schütteln die Köpfe. »Nein.«
»Nein, bestimmt nicht.«
»Das würde ich nie machen.«
»Nein«, sagt Ilse. Sie wird nicht rot. Sie ist jetzt ganz ruhig. Aber sie merkt, wie Dieter zu ihr herüberschaut. Die Kirchhofsbäuerin sagt, daß alle essen sollen. Die Limonade müßten sie halt teilen.
Abends bekommt Ilse elf Mark, Dieter vierzehn. Die Frau Weizmann hat achtzehn Mark fünfzig bekommen, Ilse hat es genau gesehen. Und außerdem noch einen Korb Johannisbeeren zum Einmachen. Ilse traut sich nicht zu fragen, ob sie auch welche bekommt für den Helmut.
»Morgen pflücken wir wieder«, sagt die Kirchhofsbäuerin.
Dieter und Ilse gehen langsam nebeneinander her. Sie sind

müde von der Arbeit und von der Hitze. »Du warst das«, sagt der Dieter plötzlich. »Du hast den Kaffee ausgeschüttet.«
Ilse erschrickt und schüttelt den Kopf.
»Ich hab doch gesehen, wie du hinter das Holzhaus gegangen bist. Und vorher haben die Weiber mit dir geredet. Du bist wirklich doof, daß du ihnen die Sträucher leergepflückt hast. Mit mir macht keiner so etwas. Mit mir nicht. Ich würde einfach nein sagen und weitergehen.«
Ilse schweigt.
»Ich verrat dich nicht«, sagt Dieter. »Ich finde das ja gut, das mit dem Kaffee. Wirklich. Ich hätte nie geglaubt, daß du dich das traust.«
Ilse schaut auf den Boden und spielt beim Gehen mit dem Geld in ihrer Rocktasche. Dieter hört das Klimpern. »Ich behalte zwei oder drei Mark von dem Geld für mich«, sagt er. »Mach das doch auch. Das merkt die Mama überhaupt nicht. Die geht doch nie im Leben zur Kirchhofsbäuerin und fragt, wieviel sie uns ausbezahlt hat.«
Ilse schüttelt den Kopf. »Das nützt nichts. Sie nimmt es ja sowieso, wenn sie es irgendwo findet. Und schreit uns dann noch an. Ich gebe ihr lieber gleich alles.«
»Ich kann es für dich aufheben«, bietet Dieter ihr an. »Du kannst es mir geben, und ich verstecke es so, daß sie es bestimmt nicht findet.«
»Wo denn?«
»Das sag ich nicht. Aber es ist ein sicherer Platz. Seit sie mir das Geld unter der Matratze rausgeholt hat, hebe ich es woanders auf.«
Ilse betrachtet ihr Geld, einen Fünfer und sechs einzelne

Mark, und sagt vorsichtig: »Wir könnten uns jetzt noch ein Eis kaufen. Ein Schokoladeneis.«
Dieter zögert, doch dann antwortet er: »Nein. Ich heb das Geld lieber auf. Ich spare. Ich bin nicht wie die anderen. Irgendwann habe ich mal genug Geld. Dann schaut keiner mehr auf mich runter. Da kannst du Gift drauf nehmen.«
Ilse läßt die Markstücke einzeln in ihre Rocktasche zurückfallen. Das Fünfmarkstück behält sie in der Hand.
»Also warst du das jetzt mit dem Kaffee oder nicht?« fragt Dieter noch einmal.
»Nein.«
Dieter schaut sie von der Seite an. Ilse dreht den Kopf weg. Sie mag das nicht, wenn er sie so anschaut. Sie fängt an zu pfeifen. Er legt seinen Arm um ihre Schulter. Sie duckt sich weg aus seiner Berührung und fängt an zu rennen.
»Du blöde Kuh«, ruft Dieter ihr nach. »Ich wollte dich doch gar nicht hauen.«

6.

Die kleine Ute ist tot, die Schwester vom Thomas Westermeier. Ilse hört es morgens, als sie in die Klasse kommt.
»Der Thomas ist nicht da, seine Schwester ist heute nacht gestorben.«
Zweieinhalb Jahre ist sie alt gewesen. Vor zwei Tagen hat sie einen Topf mit kochendem Wasser vom Herd gezogen und sich verbrüht. Mit dem Notarztwagen ist sie in die Stadt gefahren worden, ins Krankenhaus.
»Narben wird sie behalten«, haben die Leute gesagt. »Das arme Kind. Ausgerechnet ein Mädchen.«
»Die Westermeier hätte besser aufpassen sollen auf sie«, haben die Leute auch gesagt. »Wenn man ein kleines Kind daheim hat, sollte man nicht arbeiten gehen.«
Die Frau Westermeier ist Verkäuferin im Konsum, halbtags. Die Ute hat sie morgens immer bei ihrer Oma gelassen. Und jetzt ist die Ute tot. »Die ganze Haut ist ihr in Fetzen abgegangen«, sagt Christian. »Der Thomas hat es mir erzählt.«
»Das arme Kind«, sagt Karin. »So hübsch ist sie gewesen.«
Ilse beugt sich vor über den Tisch und legt den Kopf in die verschränkten Arme. Sie überlegt, wie das ist, tot sein.
»Jetzt tut ihr nichts mehr weh«, hört sie Evelyn zur Birgit sagen. »Jetzt braucht sie nicht mehr zu weinen.«
Ob ihre Mutter jetzt weint? denkt Ilse. Natürlich. Auch der Thomas wird weinen. Die Mutter wird sagen: Hätte ich sie doch damals nicht gehauen, als sie das und das gemacht

hat, und der Thomas wird daran denken, wie oft er sie geärgert hat.
Ilse ist sehr traurig und weiß nicht, warum. So gut hat sie die Ute nicht gekannt. Manchmal hat sie sie gesehen, wenn sie an der Hand ihrer Mutter zum Einkaufen gegangen ist. Die Westermeiers wohnen auch in der Bergbachstraße, wie die Oma, drei Häuser weiter auf der anderen Straßenseite. Einen Aprikosenbaum haben sie vor dem Haus. Manchmal hat Ilse heruntergefallene Aprikosen von der Straße aufgesammelt, und einmal hat ihr der Thomas einen Stein nachgeworfen, als er sie dabei erwischt hat, aber er hat sie nicht getroffen. Einen lustigen Pferdeschwanz hat die Ute gehabt, ziemlich lang für so ein kleines Kind. Und blau-weiß-rot gestreifte Hosenträger. Ilse versucht, sich Utes Gesicht vorzustellen, aber es gelingt ihr nicht. Kleine Kinder sehen sich alle so ähnlich. Nur an Utes Hosenträger kann sie sich erinnern und an den Pferdeschwanz.
Herr Stumpff redet davon, wie tragisch das ist, die armen Eltern und der arme Thomas. So ein junges Leben, jetzt ist sie im Himmel. »Wen Gott liebt, den nimmt er in jungen Jahren zu sich«, sagt er. Ein paar Mädchen weinen.
Nach dem Mittagessen geht Ilse zu Helmut. »Weißt du das schon mit der Ute?«
Aber Helmut will heute nicht mit ihr reden. »Laß mich«, sagt er. »Ich will allein sein.«
Ilse sieht, daß er geweint hat. »Ist das wegen Ute?« fragt sie.
Helmut dreht den Kopf auf die Seite. »Du verstehst das nicht«, sagt er. »Du bist ja gesund.«
Ilse will sich setzen. »Da kann ich doch nichts dafür«, sagt

sie. »Warum bist du böse auf mich, weil ich gesund bin?« Helmut antwortet nicht. Ilse wartet noch ein bißchen, aber als er wirklich nichts sagt, geht sie hinaus. Sie beschließt, auf dem Friedhof zu schauen, ob das Grab für Ute schon ausgehoben worden ist.

Doch auf dem Weg, der zwischen dem Rübenacker und der Friedhofsmauer hindurch zur Siedlung führt, zögert sie. Beim Gehen streicht sie mit der linken Hand über die Gräser und Blumen, die auf der kleinen Böschung unterhalb der Friedhofsmauer wachsen. Bienen brummeln über die Blüten, Königskerzen, Lichtnelken, Leinkraut, Schafgarben, Schöllkraut.

Ein Zitronenfalter auf einer Büschelglockenblume. Ilse streckt vorsichtig die Hand aus, nähert sich ihm, hofft, er würde sich auf ihre Finger setzen. Aber er flattert auf, fliegt weg, läßt sich auf einer Lichtnelke oben vor der Mauer nieder. Durch den abgebröckelten Verputz kann man die rötlichen Backsteine und die Speisschicht dazwischen sehen. Ilse schaut sich um. Niemand ist auf dem Weg, nur eine Frau mit einem großen Spankorb in der Hand geht weit vor ihr auf der Straße und biegt jetzt rechts zur Siedlung ab.

Ilse rennt die Treppe zum Hintereingang des Friedhofs hinauf. Sie ist schon oft hier gewesen, aber noch nie allein. Entweder war sie mit ihrer Mutter hergekommen, um Blumen auf das Grab vom Schragendorfer-Opa zu legen, oder mit der Oma, die die Gräber von der Uroma und dem Uropa saubergemacht hat. Und natürlich das vom Onkel Peter. Onkel Peter ist das Lieblingskind von der Oma gewesen. Immer erzählt sie, wie gut er zu ihr gewesen ist, das ganze Geld hat er ihr heimgebracht, nur für sein

Motorrad hat er was ausgegeben, sonst für gar nichts. Er hat nicht geraucht und nicht getrunken. Aber mit neunzehn hat er sich den Kopf eingerannt mit dem Motorrad. Ilse geht am Grab vom Onkel Peter vorbei. Wenn er ihr Vater gewesen wäre, wäre sie jetzt bei der Oma. Dann hätte die Oma zur Mutter gesagt: Ich kann die Marga nicht nehmen, wie stellst du dir denn das vor, ich hab doch die Ilse, die ich aufziehen muß. Aber der Onkel Peter hat keine Kinder gehabt, der hat sich mit neunzehn den Kopf eingerannt.

Ilse geht weiter. Sie kennt sich aus auf dem Friedhof. Sie weiß, daß oben am Haupteingang, um die Kirche herum, die alten Gräber liegen, die mit den hohen Büschen und den dunklen Grabsteinen mit der altmodischen Schrift, die so schwer zu lesen ist. Große Engel mit ausgebreiteten Armen gibt es dort und schmiedeeiserne Zäune. Dann, im mittleren Teil, wachsen keine hohen Büsche mehr, die Grabsteine werden niedriger, heller, oft ganz weiß, und die Umrandungen sind aus Stein oder sorgsam gestutzten Buchsbaumhecken. Da liegen die Gräber der Familien, die Ilse kennt. Sie geht langsam durch die Reihen. Aber nirgends ist ein frisches Grab ausgehoben. Vielleicht morgen, denkt sie. Und dann wendet sie sich nach links, geht an der Mauer entlang zum Randfriedhof. Hier sehen die Gräber nicht mehr so schön aus, nicht mehr so voll Blumen. Ganz hinten in der Ecke sind die alten Kindergräber, die Ilse sucht, unkrautüberwuchert, manche nur noch durch den Grabhügel erkennbar. Wenige haben Grabsteine oder halbzerbrochene Holzkreuze. Auf einem Grab steht ein kleiner, weißer Marmorengel mit abgebrochenen Händen.

»Vergessene Kinder sind das«, hat die Oma gesagt, als Ilse sie gefragt hat. »Die Familien wohnen nicht mehr hier oder sind tot.«
Die Oma hat die Gräber betrachtet und den Kopf geschüttelt. »Wie die aussehen. Eine Schande für den ganzen Friedhof. Werden wohl bald eingeebnet werden.«
Ilse setzt sich auf eine steinerne Grabeinfassung. Jetzt kann sie weinen.
Sie denkt an die kleine Katze, die Schusters mal hatten und die überfahren worden ist. Horst hat sie gefunden. »Die ganzen Därme haben ihr aus dem Bauch gehangen«, hat er erzählt. Und als er gemerkt hat, daß Ilse weinte, hat er alles ganz ausführlich beschrieben. Ilse hat ein paar Nächte kaum schlafen können, weil sie immer daran denken mußte, wie der Katzenbauch ausgesehen hat nach dem Unfall. Schwarz-weiß gefleckt ist die kleine Katze gewesen und ganz weich und zärtlich. Tote Vögel hat Ilse auch schon gesehen, manchmal ganz klein, noch fast nackt. »Die werden von ihrer Mutter aus dem Nest geschmissen, wenn sie sie nicht mehr will«, hat Dieter erklärt. Ilse weint, und sie weiß nicht so recht, warum sie weint, über Ute, über die tote Katze, die kleinen Vögel, die vergessenen Kinder. Sie nimmt die Faust zum Mund und beißt sich in den Daumenballen, beißt so fest, daß es weh tut, und betrachtet dann entsetzt und befriedigt die Spuren ihrer Zähne.
Sie greift mit beiden Händen hinein in das Unkraut, zieht und zerrt, reißt es heraus, greift wieder hinein. Die Erde ist trocken, und die meisten Pflanzen lassen sich leicht herausziehen. Nur die Gräser nicht, die schneiden ihr blutige Risse in die weiche Haut zwischen Handkante und Innenfläche.

Ilse arbeitet verbissen. Sie trägt das herausgerissene Zeug auf den Komposthaufen in der Ecke. Die Wurzeln, die sie nicht entfernen kann, deckt sie mit Erde zu. Sauber sieht das Grab jetzt aus, aber sehr kahl und leer.
Ilse sucht. Hinter einem Grabstein steht eine rostige Konservenbüchse. Ilse füllt sie am Hahn mit Wasser und stellt sie an das Kopfende ihres Grabes. Dann pflückt sie draußen an der Böschung einen Blumenstrauß aus Schöllkraut, Glockenblumen, Mönchskraut und Lichtnelken. Jetzt ist das Grab schön.
»Jetzt bist du kein vergessenes Kind mehr«, sagt Ilse.
Sie stellt sich vor, daß da unter der Erde ein Mädchen liegt. Vielleicht ist sie zehn Jahre alt gewesen, als sie gestorben ist. Vielleicht auch nur zwei oder drei, wie die Ute, und sie hätten Freundinnen werden können, wenn sie am Leben geblieben wäre. Und plötzlich ist sie ganz sicher. Dieses Mädchen, das da begraben ist, wäre ihre Freundin geworden. Deshalb hat sie keine, weil ihre so früh gestorben ist und Ilse allein zurückgelassen hat. Rita hat sie geheißen. Rita ist ein schöner Name. Ilse holt eine Handvoll Glitzersteine, mit denen bei den meisten Familiengräbern die Wege zwischen den Grabstellen aufgeschüttet sind, und legt um den Blumenstrauß herum die Steine zu Buchstaben. Rita.
»Meine Freundin Rita«, sagt sie.
Weil das Grab aber immer noch zu kahl ist, weil noch zuviel Erde zu sehen ist, nimmt Ilse von einem anderen Grab einen Kranz und bringt ihn zu Rita. »Rita ist gestorben«, sagt sie laut. »Meine Freundin Rita ist gestorben.«
Jetzt kann sie wieder weinen. Ganz friedlich und ruhig kann sie jetzt weinen.

Bis sie plötzlich hochgerissen wird. »Friedhofsschänderin«, schreit der alte Ballheimer, der Mesner, und hält Ilse fest, die sich wehrt und um sich schlägt. »Was fällt dir ein?« schreit er und schüttelt sie wie einen jungen Hund. »Du kannst doch nicht einfach Kränze stehlen.«

Sein Gesicht mit den verquollenen Backen und den schwiemeligen Augen ist ihr ganz nah. Er schielt. Ilse weiß nicht, in welches Auge sie schauen soll. Sie senkt den Kopf, macht sich ganz schwer und schlaff in seinen Händen. Aber als er anfängt, sie hinter sich herzuziehen, muß sie doch aufstehen, um nicht über den Boden geschleift zu werden. Ungeschickt stolpert sie hinter ihm her, sieht nur die krummen Beine und den ausgebeulten Hosenboden.

»Was machst du mit dem Kind, Ballheimer?« ruft die Kirchhofsbäuerin durch das offene Hoftor.

Er bleibt stehen. Ilse versucht sich loszureißen, aber die Hand um ihren Arm gibt nicht nach. »Den Friedhof hat sie geschändet«, sagt er. »Ich geh mit ihr zum alten Lautenschläger. Der soll ihr beibringen, was Anstand ist.«

»Laß sie los«, sagt die Friedhofsbäuerin.

Er umklammert Ilses Arm so fest, daß sie fast schreien muß. »Sie hat einen Kranz gestohlen«, sagt er.

»Und was hat sie damit gemacht?«

»Was geht dich das an? Warum mischst du dich ein?«

Die Kirchhofsbäuerin nimmt Ilse bei der Hand. »Du läßt sie bei mir, Ballheimer. Sie ist doch noch ein Kind.«

Er läßt Ilse los. Sie taumelt und wäre hingefallen, wenn die Frau sie nicht gehalten hätte. »Aber mit dem Lautenschläger werde ich reden«, schimpft der Mesner noch im Weggehen. »Dem werde ich sagen, was seine Enkeltochter für eine ist.«

Die Kirchhofsbäuerin führt Ilse in die Küche und stellt ihr Brot, Butter und Schinken hin. »Da, iß was.«
Ilse rührt sich nicht.
»Iß doch. Du bist sowieso nur Haut und Knochen.« Die Kirchhofsbäuerin stapelt leere Eierkartons aufeinander. »Na ja«, sagt sie, »deine Mutter war auch so dürr als Kind. Da kann ich mich noch gut daran erinnern.«
Ilse weint leise. Sie hat das Gefühl, als könnte sie nie wieder aufhören zu weinen.
»Warum hast du das gemacht?« fragt die Bäuerin. »Was hast du dir denn dabei gedacht?« Sie schneidet ein Stück Brot ab, schmiert Butter drauf, belegt es mit Schinken und drückt es Ilse in die Hand. »Was zu essen schadet nie. Ich muß jetzt in den Stall. Kommst du mit? Ich kann dich doch nicht hier sitzen lassen.«
Ilse hält das Brot in der Hand. Ihr Magen krampft sich zusammen bei dem Geruch nach Geräuchertem. Auf einmal merkt sie, daß sie Hunger hat.
»Wir haben ein Kalb«, sagt die Kirchhofsbäuerin. »Es ist erst ein paar Tage alt.«
Ilse trottet hinter ihr her. Der Kuhstallgeruch umfängt sie weich und warm. Dann steht sie vor dem Kalb und hält ihm die Hand hin. Die Bäuerin setzt sich unter den dicken Bauch einer Kuh und fängt an zu melken. »Das ist die Mutter«, sagt sie. »Die kann man noch nicht mit der Maschine melken. Ihr Euter ist noch zu empfindlich.« Die Milch spritzt schaumig in den Eimer.
Das Kalb nimmt mit seinen weichen Lippen Ilses ganze Hand in sein Maul und saugt daran. Seine Zunge ist rauh. »So was Süßes«, sagt Ilse. »Ich hab noch nie so was Süßes gesehen.«

Die Kirchhofsbäuerin nickt. »Ich hab ja gewußt, daß es dir gefallen wird. Allen Kindern gefällt so etwas.«
»Ich würde am liebsten immer hierbleiben«, sagt Ilse.
»Komm mich halt wieder besuchen«, sagt die Kirchhofsbäuerin. »Du kannst immer kommen.«
Auf dem Heimweg überlegt Ilse, warum die Kirchhofsbäuerin so freundlich gewesen ist. Sie kann es nicht verstehen. Ich geh lieber nicht hin, denkt sie. Vielleicht will sie, daß ich ihr die Arbeit mache, weil sie kein Kind hat.
Dann sieht sie auf der Rathausuhr, daß es schon nach sieben ist. Die Mutter wird Krach machen. Ilse fängt an zu rennen.

7.

Ilse ist früher zu Hause als Horst und Dieter. Sie hebt die Fußmatte hoch, nimmt den Schlüssel und schließt die Küchentür auf. Ihr Anorak ist naß. Sie hängt ihn an den Haken hinter der Tür. Dann holt sie ihre Puppe aus dem Schlafzimmer und setzt sie neben sich an den Tisch, damit sie sich nicht so allein fühlt.
Die Mutter ist heute nicht da. Sie muß in die Stadt zum Arzt. Und dann will sie auch noch zum Arbeitsamt gehen. »Vielleicht kriege ich eine Halbtagsstelle«, hat sie gesagt. »Das Geld reicht vorn und hinten nicht. Aber putzen gehe ich auf gar keinen Fall. Ich mach nicht den anderen Leuten ihren Dreck weg.«
Deshalb kocht Ilse heute. Aber zuerst muß sie Feuer anmachen. Sie knäult eine alte Zeitung zusammen und schiebt sie in das Herdloch, dann etwas Reisig drauf und zuletzt dünn gespaltene Holzscheite. Die Streichhölzer liegen in der Tischschublade. Ilse kniet vor dem Herd und schaut zufrieden zu, wie das Feuer anfängt zu flackern. Nudeln wird sie kochen. Nudeln mit Tomatensoße. Sie läßt den großen Topf voll Wasser laufen und stellt ihn auf den Herd. »Jetzt bin ich die Mutter«, sagt sie zu ihrer Puppe. »So, ich koch für dich. Ich bin eine gute Mutter, ich koch jeden Tag, was du willst. Und abends kommt der Papa nach Hause, da koch ich wieder. Du brauchst auch keine Angst zu haben, wenn es dunkel ist. Ich geh nie weg. So wie die Frau Schuster, die ist auch immer zu Hause,

wegen dem Helmut. Und unser Papa bleibt auch daheim. Der treibt sich nicht in Wirtshäusern rum.«
Als das Wasser anfängt zu kochen, wirft Ilse die Nudeln hinein und schiebt den Topf weiter an den Rand. »Viele Männer saufen«, erzählt sie, als sie die Pfanne in die Mitte des Herdes stellt und Öl hineingießt. »Wenn der Herr Schuster besoffen ist, dann schreit er, und seine Augen fallen ihm bald aus dem Gesicht. Aber unser Vater macht das nicht.«
Sie schneidet eine Zwiebel in die Pfanne, ein paar Tomaten und die von gestern abend übriggebliebenen Scheiben Salami mit den bereits dunkel aufgerollten, vertrockneten Rändern. »Wir haben auch einen Elektroherd wie die Oma. Wir müssen nicht mitten im Sommer den richtigen Herd anmachen, wenn es sowieso schon so heiß ist. Und wenn der Papa abends kommt, bringt er uns Schokolade mit.«
»Führst du Selbstgespräche oder was?« fragt Dieter, der zur Tür hereinkommt. »Ich glaube, du spinnst immer mehr.« Er wirft seinen Ranzen in die Ecke. »Ist das Essen fertig?«
Ilse nickt. »Ja. Stell schon die Teller auf den Tisch.«
»Mach es doch selber«, sagt Dieter. »Du glaubst wohl, du könntest mir was anschaffen?«
Jeden Abend bringt mein Papa Schokolade mit, denkt Ilse, als sie den Tisch deckt. Das hat die Evelyn gesagt. Ilse kann sich das gar nicht vorstellen. Aber vielleicht stimmt es doch. Wenigstens könnte es so sein. Sicher gibt es einen Vater, der das tut.
»Sag mal, Dieter, hat uns der Papa abends was mitgebracht, als er noch bei uns gewohnt hat?«

»Hat er nicht«, sagt Dieter. »Ich kann mich zwar nicht mehr genau daran erinnern, wie das war, aber mitgebracht hat er uns bestimmt nichts.«
»Warum ist er ausgezogen?«
»Das weißt du doch. Wegen der anderen, der Witwe, für die er das Haus gebaut hat, als er im Rheinland auf Arbeit war. Erst hat er ihr ein Haus gebaut, und dann ist er selbst eingezogen. So sagt die Mama.«
Ilse gießt die Nudeln ab und stellt sie auf den Tisch. Horst kommt jetzt auch. »Los, mach schnell«, sagt er. »Ich will gleich wieder weg.«
»Du sollst noch das Holz aufschichten, das du gestern gehackt hast, hat die Mama gesagt.«
»Nein«, sagt Horst. »Das kannst du machen. Ich hab was vor.«
»Ich wollte zur Oma gehen.«
»Du räumst das Holz auf, verstanden? Dieter kann dir helfen.«
Ilse nickt.
»Ich geh auch weg«, sagt Dieter. »Ich helf dir nicht.«
Ilse wird böse. »Warum immer ich?« schreit sie. »Immer muß ich für euch die Arbeit machen.«
Horst greift nach ihrer Hand und drückt sie so fest, daß Ilse die Gabel fallen läßt. »Du machst das. Und wehe, du sagst der Mama was.«
Ilse ist blaß geworden, so weh tut ihr die Hand. »Ja«, sagt sie. »Ich räum das Holz auf.«
»Und bring gleich einen Eimer Kohlen mit.«
»Ja.«
Dann ist Ilse wieder allein. Beim Geschirrabräumen weint sie vor Wut.

Der Bruno schleicht um den Holzschuppen herum, als Ilse mit dem Kohleneimer in der Hand hinuntergeht. Es hat aufgehört zu regnen, aber die Luft ist feucht und der Himmel verhangen. Sie geht schnell an Bruno vorbei. Er ist ihr ein bißchen unheimlich. Schon wie er aussieht, mit dem komisch geformten Kopf und den hellblauen Augen, mit den immer geschwollenen, entzündeten Lidern. Er sieht ganz anders aus als der Helmut. Und wie er einen immer anschaut. Eierkopf, Eierkopf, rufen die Kinder ihm nach. Eierkopf im Suppentopf. Er wird dann ganz rot und atemlos vor Zorn und drischt mit seinen langen Armen ungeschickt in der Gegend herum. Gott sei Dank erwischt er selten jemand.
Ilse fängt an, die Holzscheite an der Hinterwand des Schuppens aufeinanderzustapeln. Obwohl sie Bruno den Rücken zugedreht hat, spürt sie, daß er sie durch die Latten hindurch beobachtet. Dann quietscht die Tür. Ilse richtet sich auf und dreht sich um. »Na, Ilse«, sagt Bruno und zieht die Tür hinter sich zu. Noch bevor er bei ihr ist, weiß sie, was er will. Sie hält die Beine fest zusammen. Aber er ist älter als sie, fast so alt wie Horst, und ein ganzes Stück größer. Manchmal tut er ihr leid, aber jetzt hat sie nur noch Angst.
»Laß mich«, sagt er sehr leise. »Los, laß mich.«
Sein Atem ist über ihrem Gesicht.
»Sei still«, sagt er. »Ich tu dir nichts.«
Er zieht ihr die Hose herunter und fingert. Ilse steht starr vor Angst. Sie weiß nicht, was er will mit seinen Fingern. Und sie weiß es irgendwie doch. Die Scheite des sauber aufgerichteten Holzstoßes drücken in ihren Rükken. Und sie wünscht sich, ihre Mutter wäre da. Aber sie

wird es ihr nicht sagen können. So etwas kann man nicht sagen.
Aber da ist es auch schon wieder vorbei. Der Bruno nimmt seine Hand weg. »Daß du nur den Mund hältst. Grün und blau schlag ich dich, wenn du nicht den Mund hältst.«
Sie schüttelt den Kopf. Kein Wort bringt sie hervor, nur mit dem Kopf schütteln kann sie. Dann ist der Bruno weg. Eierkopf, Eierkopf. Eierkopf im Suppentopf.
Ilses Kopf ist leer, und es verschwimmt ihr alles vor den Augen. Aber sie schichtet das Holz fertig auf. Dann nimmt sie die Schaufel und schippt den Kohleneimer voll. Er ist sehr schwer, sie kann nur ganz langsam gehen. Auf jeder dritten Stufe muß sie den Eimer abstellen und die Tragehand wechseln. Rote Striemen ziehen über ihre Handflächen. Sie zerrt den Kohleneimer rechts neben den Herd, dann geht sie in das Schlafzimmer, zieht ihr Kleid aus und legt sich ins Bett. Sie zieht die Decke über den Kopf, rollt sich richtig zusammen in der dunklen, stickigen Höhle ihres Bettes und weint, bis sie einschläft.
Die Mutter reißt sie wieder heraus aus ihrer Sicherheit. »Was machst du denn am hellichten Tag im Bett?«
»Mir war nicht gut«, sagt Ilse. »Ich weiß auch nicht, warum.«
»Hast du eingekauft?«
»Nein, ich hab's vergessen.«
Die Mutter streicht sich müde die Haare aus der Stirn. »Auf nichts kann man sich verlassen«, sagt sie.
Das ist schlimmer als Schimpfen. Ilse springt aus dem Bett. »Ich geh schnell noch, Mama. Ich kann hintenrum gehen. Beim Bäcker und beim Metzger kann ich hintenrum gehen. Die geben mir bestimmt noch was.«

Beim Abendessen schaut sie immer wieder die Mutter an, die sehr ruhig am Tisch sitzt und kaum etwas ißt. Sie sieht schlimm aus heute, das Gesicht schilfernd und aufgekratzt, ein blutiger Streifen zieht sich vom Ohr zum Kinn.
»Hast du eine neue Salbe bekommen?« fragt Ilse.
Die Mutter schaut sie an. Von ganz weit her kommt ihr Blick. Sie sieht mich gar nicht richtig, denkt Ilse. Am liebsten hätte sie sich der Mutter auf den Schoß gesetzt wie früher, als sie noch klein war. Aber das ist lange her, sehr lange. Ilse traut es sich nicht mehr.
Später liegt sie in ihrem Bett und kann nicht einschlafen. Eierkopf im Suppentopf.
Die Mutter ist noch einmal weggegangen. Es hat unten vor dem Haus gehupt, und sie hat gesagt, sie fährt noch mal mit dem Eduard wohin, sie muß mit ihm reden. »Scheißkerl, der Eduard«, hat Horst gesagt, aber erst, als die Mutter die Tür schon hinter sich zugemacht hatte.
Ilse wälzt sich unruhig hin und her. Jetzt hat sie doch wieder vergessen, vor dem Insbettgehen zu pinkeln. Wenn sie aufsteht und auf den Topf geht, macht Dieter einen Zirkus, sie würde alles vollstinken und so weiter. Aber runter in den Hof aufs Klo traut sie sich jetzt nicht mehr. Sie hat Angst im Dunkeln. Andere Leute haben ein Klo in der Wohnung. Da braucht man nur auf den Lichtschalter zu drücken. Aber im Gemeindehaus gibt es noch ein Plumpsklo im Hof. Plumpsklo heißt es deshalb, weil die Scheiße mit einem Plumps in die Jauche fällt. Tagsüber schwirren die Schmeißfliegen in dem Bretterhäuschen herum. Aber das ist immer noch besser als Nachtfalter. Wenn Ilse Nachtfalter sieht, wird ihr immer ganz kribbelig im Bauch. Wenn sie im Schein der Taschenlampe plötzlich

lautlos aufflattern, spürt Ilse das Flügelschlagen ganz innen in ihren Eingeweiden.
Ilse horcht. Ob ich mal frage, ob einer von den beiden noch mal muß? denkt sie. Aber das lohnt sich nicht. Dieter vergißt nie, vor dem Schlafengehen zu pissen, und Horst würde sie nur auslachen. Er würde extra ganz allein gehen. Er würde sagen: Jetzt geh ich, und nachher gehst du.
Ilse denkt: Das drückt vielleicht in meinem Bauch, die Pisse. Ich habe eine ganz kleine Blase, das sagt die Mama auch immer.
Wenn sie sicher wäre, daß die beiden schlafen, könnte sie ja auf den Nachttopf gehen. Sie pinkelt immer ganz leise. Wenn sie die Arschbacken fest zusammendrückt, kann sie den Strahl auf den Nachttopfrand lenken. Dann hört man es kaum. Aber die zwei schlafen noch nicht. Der Dieter dreht sich immer noch um, und der Horst schnarcht noch nicht.
Das tut vielleicht weh, wenn man so dringend muß. Kann eigentlich die Blase platzen, wenn sie zu voll ist?
Die Taschenlampe liegt auf der Kommode neben der Tür. Bei Schusters läuft der Fernseher noch ganz laut. Der Helmut wird nicht mehr richtig müde, seit er immer im Bett liegt, hat Frau Schuster gesagt. Er schläft immer erst ganz spät ein. Ein Segen, daß es das Fernsehen gibt.
Wenn der Helmut mal muß, hilft ihm seine Mutter. Die kann abends nicht weggehen. Aber sie hat ja auch einen Mann. Als Papa noch zu Hause war, denkt Ilse, ist Mama auch nicht weggegangen. Sie kann sich allerdings nicht mehr so richtig dran erinnern, sie ist noch klein gewesen.
Das sticht richtig im Bauch, wenn man muß.

Der Horst schnarcht jetzt schon leise, aber der Dieter bewegt sich noch. Ilse kann es nicht mehr aushalten. Vorsichtig schlägt sie die Decke hoch. Das Bett knarzt immer, wenn man raussteigt. Da ist der Bettvorleger, und da das Bettgestell vom Dieter. Horst schläft im Bett obendrüber. Jetzt ist sie mit dem Kopf an den Bettpfosten gestoßen. Sie unterdrückt ein Stöhnen.
»Was machst du denn?« fragt Dieter. Er flüstert, er hat auch gemerkt, daß Horst schläft.
»Ich suche den Nachttopf«, sagt Ilse und fährt mit dem linken Arm über den Boden unter dem Bett, bis sie an ihn stößt.
»Hättest du das nicht vorher machen können? Jetzt stinkt es wieder die ganze Nacht.«
»Vorher habe ich nicht gemußt.«
»Blöde Kuh.«
Ilse pinkelt, kneift die Arschbacken zusammen. Es geht auch ganz gut, nur am Schluß, als die Pisse nicht mehr so richtig strömt, rappelt es laut in den Nachttopf.
»Du bist eine alte Sau«, sagt Dieter leise und böse.
Dann liegt Ilse wieder im Bett. Ganz reglos liegt sie da, sie will den Dieter nicht noch mehr ärgern. Er ist nie besonders nett zu ihr. Andere Brüder sind viel netter zu ihren Schwestern. Der Thomas zum Beispiel, der war sicher zur Ute viel netter. Er ist jetzt sehr ruhig geworden, und wenn jemand was von Ute sagt, fängt er an zu weinen.
Der Dieter würde nicht weinen, wenn sie sterben würde, der nicht. Überhaupt würde niemand weinen.
Ilse ist sehr traurig. Ich wäre auch gern bei der Oma, so wie die Marga, denkt sie. Aber sie will mich nicht. Niemand will mich.

Ilse Bilse, niemand willse.
»Mit dir hat der Kerl mich noch mal reingelegt«, sagt ihre Mutter immer. Mit dem Kerl meint sie Ilses Vater. Er hat eine andere. Ein Kind hat er auch noch bekommen, ein Mädchen. Elvira heißt sie und ist vier Jahre alt. Ein schöner Name ist das, Elvira.
Wenn ich Elvira heißen würde, denkt Ilse.
Aber sie heißt Ilse.

Ilse Bilse,
niemand willse,
kam der Koch,
nahm sie doch,
steckt sie in das Ofenloch.

Blöd ist das. Natürlich kann so etwas nicht wirklich passieren, das weiß Ilse schon. Aber sie ärgert sich darüber. Die Mutter sagt, Ilse soll sich nichts draus machen, die anderen spinnen. Die hat gut reden, denkt Ilse. Ich mach mir halt was draus. Ich mag das nicht, wenn sie über mich lachen. Aber ich kann mich nicht wehren. Der Dieter sagt, ich wäre zu blöd dazu. Und der Horst lacht nur. Er lacht immer. Er lacht auch, wenn er mich verhaut. Und dabei sieht er so schön aus. Er hat Grübchen in den Backen und braune Locken. Die Kurgäste vom Hotel schenken ihm oft Geld. Wenn wir Schlüsselblumen verkaufen oder Maiglöckchen, hat er immer zuerst seine Sträuße los. So ein hübscher Junge, sagen die Leute. Aber sie kennen ihn ja auch nicht.
Die Mutter sagt immer, es wäre besser, wenn er nicht so gut aussehen würde. Er lacht nur, wenn sie das sagt. Aber

Ilse ist überzeugt, daß sie ihn am liebsten hat. Sie tut ihm fast nie etwas, ganz selten, daß sie ihn schlägt. Und wenn, dann lacht er nur. Wie der lachen kann. Ich wollte, ich könnte auch so lachen, denkt Ilse. Dann würde mich die Oma vielleicht wollen.
Komisch, jetzt kribbelt es wieder in ihrem Bauch. Dabei muß sie doch gar nicht mehr pinkeln. Seit wann kribbeln Tränen im Bauch?

8.

Wochenlang hat Ilse darauf gewartet, daß endlich die Sommerferien anfangen, weil sie dann zur Oma darf. Die ganzen Ferien, die Oma hat's erlaubt. Und die Mama sagt, sie ist froh, wenn mal ein Esser weniger da ist. Jeden Tag hat Ilse ausgerechnet, wie lange es noch dauert, wie viele Tage noch. Zuletzt hat sie sogar versucht herauszubekommen, wie viele Stunden sie noch warten muß, aber das ist wirklich schwierig gewesen. Der Helmut hat ihr beim Rechnen geholfen. »Kommst du mich trotzdem manchmal besuchen?« hat er gefragt.
Ilse hat genickt. »Natürlich. Ich mache ja keine weite Reise, nach Italien oder so, es ist ja nur am anderen Ende vom Dorf.«
»Ich wette, daß du mich sofort vergißt«, hat Helmut geantwortet. »Wenn du erst bei deiner Oma bist, denkst du bestimmt nicht mehr daran, daß ich hier ganz allein liege.«
Ilse ist schnell weggegangen, weil sie nicht gewußt hat, wie sie den Helmut trösten kann.
Und dann ist der letzte Schultag doch gekommen, der letzte Schultag und das Zeugnis. Ilse hat gewußt, daß sie sitzenbleibt, sie ist nicht überrascht. Sie ist sogar froh darüber, daß sie in eine andere Klasse kommen wird. Seit sie der Marion das Lineal auf den Kopf gehauen hat, hat keiner mehr mit ihr geredet. Sie haben getan, als wäre Ilse Luft. Das ist jetzt vorbei, und schlimmer kann es nicht werden.

Ilse rennt den ganzen Weg nach Hause, kommt atemlos an, packt ihre Anziehsachen in die große Einkaufstasche. »So viel brauchst du doch nicht«, sagt ihre Mutter. »Wenn dir was fehlt, kannst du doch kommen und es dir holen.« Aber Ilse stopft die Tasche so voll, daß sie die Henkel gerade noch schließen kann zum Tragen. Sechs Wochen Ferien. Sechs Wochen bei der Oma. Ilse hat keine Zeit mehr, weil die sechs Wochen schon angefangen haben. Sie hat auch keine Zeit mehr, sich beim Helmut auf den Stuhl zu setzen. Sie macht nur die Tür von seinem Zimmer auf und streckt den Kopf hinein. »Also, ich geh jetzt«, sagt sie.

Helmut antwortet nicht. Er sieht traurig aus. Nächste Woche, denkt Ilse, nächste Woche kann ich ihn ja mal besuchen.

Die Oma hat ein Feldbett zur Marga ins Zimmer gestellt. Ilse schiebt die Einkaufstasche mit ihren Sachen auf Margas Kleiderschrank und geht in die Küche. »Was gibt's heute zu essen?«

»Kartoffelsalat mit Würstchen«, sagt die Oma. »Im Beet hinter dem Hühnerstall ist Schnittlauch, hol mal welchen, aber schneid ihn nicht zu kurz, hörst du.«

Ilse nimmt ein kleines Messer aus der Schrankschublade und springt die Stufen zum Hof hinunter. Jetzt bin ich hier daheim, denkt sie. Und sechs Wochen sind lang. Wer weiß, wann sechs Wochen aufhören.

Schöne Tage sind das.

Ilse hilft der Oma auf ihrem kleinen Acker, schleppt die volle Gießkanne vom Bach die zwanzig Meter zum Acker, zu den Beeten, geht willig mit der leeren Kanne wieder zurück zum Bach. Die Arbeit auf dem Acker ist schön, wenn es so heiß ist. Sie steht dann barfuß im kalten Wasser und hält die Gießkanne in die leichte Strömung. Jetzt im Sommer ist der Bach nicht tief, sie muß warten, bis die Kanne vollgelaufen ist. Mücken schwirren über das Wasser, manchmal ein Schmetterling, manchmal eine Libelle. Wenn die Gießkanne voll ist, ist sie natürlich sehr schwer. Die Böschung hinauf muß Ilse sich fest gegen den Boden stemmen und die Kanne nach jedem Schritt absetzen. Das Wasser schwappt über ihre dünnen Beine, zieht saubere Rinnen in ihre Füße, die schwarz sind vom Ufermorast. Aber wenn sie dann oben auf der Böschung steht und über die Äcker schaut, wenn sie sieht, wie die Oma sich bückt, jätet, hackt, die Tomaten anbindet, die schon ganz schwer geworden sind unter ihren noch grünen Früchten, da fühlt Ilse sich richtig glücklich. Und sehr stolz, weil sie arbeiten kann. Nicht wie die Marga. Natürlich kann die Marga nichts dafür, daß sie so krank gewesen ist und ihr Herz jetzt schonen muß. Das kann einem leid tun, daß sie nicht mehr mit der vollen Gießkanne oben über dem Bach stehen kann, daß sie das alles nicht mehr erlebt. Sie tut Ilse auch leid. Aber insgeheim hofft sie, daß die Oma sagt: Die Ilse brauch ich. Ich komme nicht mehr aus ohne die Ilse. Die kann arbeiten. Weißt du was, Opa, nehmen wir die Ilse doch auch.

Aber die Oma sagt nichts. Die Oma sagt höchstens: »Bist ein braves Mädchen, ja, das bist du.«

Und Ilse schluckt ihre Enttäuschung runter, hofft trotzdem, strengt sich weiter an, noch mehr. Abends ist sie müde und zufrieden, wenn sie ins Bett geht. Manchmal redet die Marga noch ein bißchen mit ihr. »Ich bin froh, daß ich hier wohne«, sagt sie. »Ich könnte nicht dort in der

Sandgasse leben, in so einem Loch, mit Kohleheizung und Plumpsklo im Hof. Und mit so vielen Kindern.«
»Wir können doch nichts dafür«, sagt Ilse. »Wo sollen wir sonst hin?«
»Wir haben alles«, zählt Marga auf. »Ölheizung, Elektroherd, Fernseher, Badezimmer. Nur keine Waschmaschine. Aber nicht etwa deshalb nicht, weil wir uns keine leisten könnten. Nur weil die Oma so altmodisch ist und sagt, die Wäsche wird erst dann sauber, wenn sie ordentlich gekocht wird. Nur deshalb wäscht sie im Waschhaus.«
»Wir waschen auch im Waschhaus«, sagt Ilse.
Marga holt aus ihrer Nachttischschublade zwei Bonbons und wirft eins davon zu Ilse aufs Bett. »Mir macht das Waschen nichts aus«, sagt sie. »Ich brauch sowieso nicht zu helfen dabei, weil es zu anstrengend ist.«
Ilse wickelt das Bonbon aus dem Papier und steckt es in den Mund. Karamel.
Es ist schön bei der Oma.
Alles ist schön, bis zu diesem Tag.
Ilse ist früh aufgestanden. Sie könnte diese Ferienmorgende nicht verschlafen wie die Marga. Nach dem Frühstück, die Oma macht jeden Tag Frühstück, immer mit Milch und Brot und Butter, sagt die Oma: »Geh jetzt einkaufen, ja?«
Ilse nickt, nimmt das Geld, den Zettel und das Netz und zieht los. Viel ist es nicht, Rindfleisch zum Kochen, ein Paket Waschpulver, Klopapier und eine Schachtel Ernte für den Opa. Ilse lacht und springt auf dem Heimweg.
Und dann fehlen fünf Mark.
»Was hast du dir davon gekauft?« fragt die Oma.
»Nichts. Wirklich nichts.«

»Lüg nicht! Nichts ist schlimmer, als wenn ein Kind lügt. Sag's halt.«
»Wirklich nicht, Oma. Ich weiß nicht, wo das Geld ist. Vielleicht hat mir jemand falsch rausgegeben.«
Die Oma wird rot vor Zorn. »Auch noch andere Leute beschuldigen. Wenn die Marga mal so was macht, sagt sie wenigstens die Wahrheit.«
Ilse duckt sich, empfängt die Ohrfeige, weiß aber nichts anderes zu sagen als:
»Ich war's nicht.«
»Nein, das stimmt nicht. Ich habe mir nichts gekauft.«
»Nein, ich habe nichts getan.«
»Nein.«
Oma schlägt auf Ilse ein. »Ich hasse Lügen. Besonders Lügen bei Kindern.«
Ilse nimmt die Schläge an, erinnert sich an die fünf Mark von damals, als sie und Horst und Dieter sich heimlich Geld von der Mutter genommen und Eis gekauft haben. Fast wie Gerechtigkeit kommen Ilse die Schläge vor. Aber Entschuldigung will sie nicht sagen, das nicht.
»Du bist verstockt«, sagt die Oma. »Nur verstockt bist du. Die Marga gibt wenigstens zu, wenn sie was falsch gemacht hat.« Oma sperrt Ilse in die Kammer. »Bis du sagst, daß es dir leid tut. Bis du sagst, daß du es nicht wieder machen willst. Bis du es einsiehst.«
Ilse ist noch nie eingesperrt worden. Ihre Mutter macht so etwas nicht. Sie haben auch keine Kammer zu Hause, höchstens den Keller, und der ist zwei Stockwerke tiefer. Im Keller liegen im Winter die Kartoffeln.
Sie steht im Dunkeln. Nur ein schmaler Streifen Licht fällt durch den Spalt oberhalb der Türangel, doch er reicht

nicht aus, irgend etwas zu erkennen, er wird von der Dunkelheit verschluckt. Aber Ilse kennt sich hier aus. Sie hat schon oft genug etwas aus dieser Kammer holen müssen, Eingemachtes oder Gartengerät. Das ist der Raum unter der Treppe, die sich vom Flur zum Speicher hochwindet, ein fensterloser Raum, nur an der Tür mannshoch. Zwei Schritte geradeaus und einen Schritt nach rechts kann man aufrecht gehen, nicht mehr, dann drükken die Stufen die Kammer zusammen bis hin zu dem schmalen Spalt am Boden unter der untersten Treppenstufe. Der Lichtschalter ist draußen.

Ilse tastet mit den Fingern die Gegenstände in ihrem Gefängnis ab, hofft, daß sie damit das Sehen ersetzen kann. An der hohen Wand ist der Schrank mit der Fliegengittertür. Sie spürt deutlich die winzigen Metallquadrate unter ihren Fingerspitzen. Rechts unten hat das Gitter ein Loch, rauh und kratzig sind die abgerissenen Drahtenden nach außen gebogen.

Noch fühlt Ilse sich sicher. Traurig und bekümmert zwar, aber sicher. Dies ist der Schrank mit dem Fliegengitter. In diesem Schrank stehen die Gläser mit dem Eingemachten. Erdbeeren, Kirschen, Pflaumen, Birnen und so weiter in den oberen Fächern, Marmeladen und Gelees in den beiden unteren.

Neben dem Schrank, in der Nische an der Wand, hängt Opas Arbeitskleidung. Ilse muß sich strecken, um den gebogenen Eisenhaken direkt unter der Decke zu fühlen. Ein Maurerkittel ist das, Ilse ist sicher, daß es ein Maurerkittel ist. Der Stoff fühlt sich kühl an, und an manchen Stellen tasten ihre Finger über sandig-bröckelige Hubbel, Speis- und Mörtelreste von der Baustelle. Ilse stößt mit

dem Fuß gegen etwas. Das blecherne Scheppern läßt sie zusammenzucken. Dann atmet sie erleichtert auf. Die Gießkanne. Natürlich, die Gießkanne. Da ist der gebogene Griff mit der Längsrille, da die runde Öffnung, da das Rohr mit der Tülle, der Gießkopf mit den Brauselöchern. Darüber an der Wand hängen Hacke, Spaten und Rechen. An der glatten, flachen Schneide der Hacke kann Ilse noch angetrocknete Erdkrumen fühlen.
Sie kratzt mit den Fingernägeln die Erde ab, bis die Hacke glatt und sauber ist unter ihren Fingerspitzen. Nur oben, da, wo der Holzgriff ansetzt, ist sie noch rauh. An dieser Stelle ist das Metall rostig, das weiß sie. Rost kann man nicht mit den Fingernägeln abkratzen. Sie stößt mit dem Kopf an eine Treppenstufe und weicht die zwei Schritte zurück, bis sie wieder an der Tür steht. Rechts an der Holzwand, bevor die Treppenwindungen anfangen, die selbst dann düster aussehen, wenn die magere Glühbirne brennt, steht ein Regal. Ilse weiß das, streicht nur flüchtig darüber. Alles Mögliche steht da. Kästen, in denen der Opa Nägel und Werkzeug aufhebt, Flaschen mit Terpentin und Spiritus, Schuhputzzeug. Der Lappen ist fett, unangenehm glatt und schmierig. Die Dosen haben einen Schmetterlingsverschluß. Zwei Dosen sind es, eine braun, die andere schwarz. Natürlich kann sie das jetzt in der Dunkelheit nicht sehen, aber sie weiß es. Sie hat schon öfter Schuhe geputzt für die Oma.
Jetzt wird die Decke niedriger. Ilse muß sich auf den Boden knien. An dieser Stelle geht die Treppe draußen steil nach oben.
Sie tastet über den Boden, erschrickt, zieht die Hand zurück und lacht sich gleich selber aus. Wie dumm sie ist,

daß sie einen Moment lang Angst gehabt hat. Das sind ja nur Gummistiefel, groß und mit schiefgetretenem Absatz. Opas Gummistiefel sind das. Ilse fühlt, daß sie nicht geputzt sind, Erdbatzen füllen die Rillen der Sohle und liegen abgebröckelt um die Schuhe herum auf dem Boden. Daneben stehen andere Schuhe, welche von der Oma, mit höheren Absätzen und breit ausgelatschtem Oberleder an der Innenseite.

Und da sind Margas Sandalen. Der Riemen vom rechten Schuh ist abgerissen. »Du mußt sie zum Schuster bringen«, hat die Oma gestern gesagt.

Ilse schiebt ihre Hände vorsichtig weiter über den Fußboden. Steinkacheln, leicht sauberzuhalten, dieselben wie draußen im Flur. Abwechselnd versetzt fahlgelb und schmutziggrau. Die Verputzritzen sind gerade Rillen, ab und zu ein Dreckhubbel.

Ihre Finger stoßen an etwas Hölzernes. Das ist ein Spankorb, so einer, wie man sie zum Obstpflücken hernimmt. Damit hat der Opa Kirschen heimgebracht, als er beim Lindenbauern geholfen hat.

Ilse wird unruhig. Sie berührt etwas Weiches, Felliges. Sie erschrickt, erschrickt auch vor dem fauligen Geruch, der ihr in die Nase steigt. Vielleicht eine alte Mütze, denkt sie und streckt zögernd die Hand noch einmal aus.

Da ist die Angst.

Sie wehrt sich gegen die Angst. Sie greift mitten hinein in dieses Fremde. Sie haut hinein, verfängt sich mit der Hand in einer Schnur. Nachgiebig ist diese Masse unter ihren Schlägen, feucht und kalt.

Dann merkt Ilse, daß sie es ist, die schreit. Sie schreit und schreit und kann nicht mehr aufhören zu schreien. Es

schreit von ganz allein aus ihr heraus. Sie rennt mit dem Kopf gegen die Tür und schreit: »Laß mich raus!«
Still und gefügig ist sie, als die Oma endlich die Tür aufmacht. »Willst du noch einmal lügen?«
Ilse schüttelt den Kopf. »Nein«, sagt sie.
Die Oma ist jetzt ganz lieb und freundlich.
»So ist sie nun mal«, sagt Marga zu Ilse. »Man kann alles von ihr haben, man muß es nur richtig anstellen, man muß die richtigen Worte sagen, man darf ja nicht widerborstig sein. Das kann sie auf den Tod nicht ausstehen. Es ist manchmal schwierig mit ihr, das stimmt, aber wenn man nicht ganz blöd ist, blickt man schnell durch.«
»Ich will heim«, sagt Ilse. »Ich will nicht hierbleiben.«
»Weißt du«, sagt die Marga, »man sieht es ihr immer an, wenn sie so böse ist, daß man nichts mehr machen kann, nur noch klein beigeben. Sie schiebt dann das Kinn vor, und ihre Unterlippe zittert ganz komisch. Dann kann man nur sagen: Du hast recht, Oma. Ja, Oma. Es tut mir leid, Oma.«
Ilse legt den Kopf auf die Arme. »Ich will heim.«
»Du bist blöd«, sagt die Marga. »Das mußt du doch nicht so ernst nehmen. Morgen hat die Oma das wieder vergessen. Aber wenn du jetzt heimgehst, was sagen da die anderen?«
»Ich will heim.«
Marga streckt die Hand aus, aber Ilse will Margas Hand nicht.
»Nur Entschuldigung hättest du sagen müssen, sonst nichts. Wenn die Oma so in Fahrt ist, kann man nichts anderes machen. Sogar der Opa ist dann ganz still, und das will schon was heißen.«

»Ich habe nichts getan«, sagt Ilse. »Ich will nach Hause.«
»Meine Güte«, sagt Marga. »Wie du dich anstellst. Man muß lernen, mit Leuten umzugehen. So schwer ist das doch nicht.«
»Ich will nach Hause, zur Mama.«

9.

Die Mutter hat nicht viel gesagt, als Oma die verheulte Ilse gegen Mittag heimgebracht hat. »Da kann man nichts machen, Oma. So ist sie nun mal. Ich weiß auch manchmal nicht, was mit dem Kind los ist.«
»Ihr fehlt halt der Vater«, hat die Oma geantwortet. »Die feste Hand. Das wird's sein.«
Dann hat die Oma sich wieder auf den Weg gemacht. Vorher hat sie noch gefragt, ob Ilse nächste Woche wieder mit ihr auf den Acker geht. Ilse ist, ohne zu antworten, aus der Küche gegangen, aber sie hat noch gehört, wie ihre Mutter gesagt hat: »Natürlich kommt sie mit dir, Oma. Die beruhigt sich bald wieder.«
Ilse geht zu Helmut. »Du bist braun geworden«, sagt er zu ihr und nimmt ihre Hand in seine, die wirklich sehr weiß ist und auf deren Rücken die Adern wie blaue Schnüre zu den Fingern laufen.
Ilse sitzt ganz still.
»Warum bist du denn schon wieder heimgekommen?« fragt er. »Nicht mal zwei Wochen bist du weggewesen.«
Ilse antwortet nicht.
»Ich bin froh, daß du wieder da bist«, sagt Helmut. »Ich hab dich vermißt. Der Horst ist dauernd mit dem Henner unterwegs, der Dieter hilft in der Markthalle, mit dem Bruno kann man sowieso nichts anfangen, und der Philipp ist noch zu klein. Nur du kümmerst dich um mich.« Er streichelt ihre Hand.

Ilse freut sich. Das Streicheln ist schön. »Soll ich dir Pflaumen bringen?« fragt sie. »Drunten am Bach neben dem Spargelacker vom Kirchhofsbauern sind die Pflaumen schon reif. Soll ich dir nachher welche holen?«
»Ja.«
»Nachher geh ich«, sagt Ilse. »Du wirst sehen, wie schön die sind. Dieses Jahr gibt es die allerbesten Pflaumen.«
Ilse holt Pflaumen für Helmut.
Ilse kauft ein für die Mutter.
Ilse spielt mit ihrer Puppe. Manchmal auch mit den anderen Kindern draußen auf der Straße hickeln oder Ball.
An einem Nachmittag geht sie mit nackten Füßen über die Sandgasse. Ein schöner, heißer Ferientag ist das. Sie stößt ihre Füße in den warmen Sand, stupst mit dem großen Zeh Punkte hinein. Punkt, Punkt, Komma, Strich, fertig ist das Mondgesicht.
Auf der anderen Straßenseite spielen Gisela und Ellen mit einem großen roten Ball. Ilse kennt das Spiel, sie spielt es selbst gern. Man wirft einen Ball ziemlich hoch an die Hauswand, geht schnell in die Hocke, sagt ›Jeden Morgen steh ich auf‹ und muß, wieder aufrecht stehend, den Ball auffangen.
Jeden Morgen steh ich auf.
Jeden Morgen putz ich mir die Zähne.
Jeden Morgen wasch ich mein Gesicht.
Jeden Morgen kämm ich mir die Haare ...
Es ist eine endlos lange, beliebig veränderbare Folge von Handlungen. Bei jedem Spiel müssen Regeln und Reihenfolge wieder neu besprochen und festgelegt werden. Stundenlang kann man sich mit diesem Spiel beschäftigen.

Ilse setzt sich in den Sand. Mit dem Rücken an den Zementsockel des Zaunes gelehnt, schaut sie hinüber auf die andere Straßenseite.
»Jeden Morgen trinke ich Kaffee«, schreit Ellen und führt eine imaginäre Tasse an den Mund. Der Ball rutscht ihr beim Auffangen aus der Hand. So weich ist der Sand bei diesem Wetter, daß der Ball noch nicht einmal aufspringt, er rollt ein paar Schritte weiter und bleibt dann liegen.
»Jetzt bin ich dran.« Gisela hebt den Ball auf. Als sie sich bückt, sieht Ilse, daß sie blau-rot gestreifte Unterhosen anhat. Dünne, so wie sie bei Frau Stöcker im Schaufenster liegen.
»Jeden Morgen steh ich auf.«
»Jeden Morgen putz ich mir die Zähne.«
Ein Marienkäfer hat sich auf Ilses Hand gesetzt. Sie bleibt ganz ruhig sitzen, bewegt die Finger nicht, atmet kaum, zählt die schwarzen Punkte auf dem roten Rücken. Sechs. Sechs Kinder wird sie haben.
Sie steht auf, klopft sich den Sand aus dem Kleid und überquert die Straße. Neben Gisela und Ellen lehnt sie sich an die Mauer. Das Haus wirft nur einen schmalen Schattenstreifen, kaum genug, daß man sich unterstellen kann.
»Jeden Morgen kämm ich mir die Haare«, sagt Gisela und fährt sich mit gespreizten, gekrümmten Fingern über den Kopf.
»Kann ich mitspielen?« fragt Ilse.
»Nein«, sagte Gisela und fängt den Ball.
Ellen schaut Ilse an. »Zu dritt ist es langweilig. Da muß man immer so lang warten, bis man wieder dran ist.«

Ilse zieht mit ihrem rechten großen Zeh eine lange Rille in den Sand. »Ich weiß was«, sagt sie.
»Was denn?«
»Ein Geheimnis. Ich könnte es euch zeigen, aber ich weiß nicht, ob ihr euch traut.«
»Gib nicht so an«, sagt Gisela und kommt, den roten Ball unter den Arm geklemmt, einen Schritt näher. »Was ist es?«
Ilse legt die Hand an den Mund. »Ich weiß, wo ein Mörder seine Leichen hingelegt hat«, flüstert sie.
»Du spinnst ja.«
Aber Ellen hat große Augen. »Wo denn?«
»Ihr traut euch ja doch nicht«, sagt Ilse und reibt ihre Schultern an der rauhen Hauswand. »Es ist gefährlich, weil der Mörder kommen könnte.«
»Zeig's uns«, sagt Ellen.
Gisela wirft den Ball in die Luft, klatscht zweimal in die Hände, fängt ihn wieder auf.
»Wenn ihr mir versprecht, daß ihr es niemandem verratet. Keiner darf was davon erfahren.«
Die drei gehen durch das mittagsruhige Dorf, die Straße zum Tannenwald hinunter. Kurz vor Omas Acker biegt Ilse nach rechts ab, auf einen Feldweg. Sie gehen durch die Spargeläcker vom Lindenbauern. Es ist heiß hier, die Sonne brennt auf den Sand. In langen Reihen wächst das Spargelkraut. Die Oma geht oft Spargel stechen für den Lindenbauern, Ende Mai, wenn die Spargel reif sind. Früh um vier geht sie dann schon aus dem Haus, und mittags gibt es Spargelsuppe oder Gemüse aus Bruchspargel mit einer dicken, weißen Soße. Ilse mag nur diese Soße.
»Ist es noch weit?« fragt Ellen.

»Leise«, antwortet Ilse. »Wir müssen uns von hinten anschleichen. Es ist auf der anderen Seite vom Sandberg. Im Wäldchen.«
Der Boden ist weich von Tannennadeln. Vor einem großen Brombeergestrüpp hält Ilse an und sagt noch einmal: »Jetzt ganz leise.«
Ellens Augen sind weit aufgerissen. Richtige kleine Runzeln hat sie auf der Stirn. Gisela zieht ihre Mundwinkel nach unten. »Du spinnst ja«, sagt sie laut.
»Ich hab selbst gesehen, wie er ein kleines Kind geschlachtet hat«, behauptet Ilse. Sie drückt mit den Händen auf ihren Bauch, um das aufgeregte Kribbeln zu beruhigen. »Da drin«, sagt sie und deutet auf einen schmalen Durchbruch, einen Pfad, den Brombeerpflücker getreten haben und der jetzt schon fast wieder zugewachsen ist. »Da müßt ihr reingehen. Aber vorsichtig, damit er euch nicht hört, wenn er da ist.«
»Gehst du nicht vor?« fragt Ellen.
»Es paßt doch immer nur einer rein. Und ich hab's ja schon gesehen.«
»Ich trau mich nicht«, sagt Ellen.
Gisela hat ein hochmütiges Gesicht. »Ist ja doch alles erlogen.« Ihre Stimme klingt schrill in der Stille des Waldes. Sie lehnt sich an einen Baum und läßt den Ball auf der rechten Handfläche kreisen.
Ellen duckt sich in den Gang, wehrt mit den Händen die überhängenden Brombeerzweige ab und setzt langsam und vorsichtig einen Fuß vor den anderen. Es ist dunkel unter dem Gestrüpp.
Ilse reißt ein Stück von der rötlichfahlen Kiefernborke ab und fährt mit den Fingern über die Wunde am Baum-

stamm. Bald wird sie klebrig verheilen, kleine helle Tröpfchen werden aus dem Holz treten, weich und duftend wird das Harz an ihren Fingern pappen. Eine Hummel summt an ihr vorbei.

Gisela hat sich auf den Boden gesetzt und läßt den Ball von einer Hand in die andere rollen. Da schreit Ellen, schreit laut und durchdringend und angstvoll. Gisela springt auf. Jetzt ist ihr Gesicht nicht mehr hochmütig. Ihr Mund ist aufgerissen, in den herabhängenden Armen hält sie krampfhaft den Ball. Ellen stürzt aus den Brombeeren. Sie paßt nicht mehr auf, die Zweige schlagen ihr ins Gesicht und reißen Striemen in ihre nackten Arme. Sie schreit und rennt, ohne sich nach Gisela oder Ilse umzuschauen, auf das Dorf zu. Gisela läßt den Ball fallen und läuft ihr nach. Ilse hebt den Ball auf, geht langsam hinter den anderen her, ruft: »Wartet doch, ist ja alles nicht wahr.«

Die beiden Mädchen rennen jetzt nicht mehr. Gisela hat den Arm um Ellen gelegt. Ilse sieht an ihrem zuckenden Rücken, daß sie weint.

»Das war doch nur ein Witz«, sagt Ilse hilflos. »Nur ein Witz war das.« Aber sie weiß, daß die beiden sie nicht mehr hören. Sie sind schon zu weit weg.

»Ist ja auch egal.« Sie macht ein paar Schritte in das Spargelfeld hinein, läßt sich in den warmen Sand fallen und lehnt sich mit dem Rücken an eine aufgeworfene Reihe. Sie streichelt mit der Hand über den Ball, drückt mit den Fingerspitzen in die nachgiebige Gummihülle. Der Ball fällt ihr aus der Hand, rollt noch ein bißchen weiter und bleibt in einer Furche liegen. »Das ist doch nur ein Witz gewesen«, sagt Ilse. »Das ist doch nur eine alte Puppe. Ich hab es doch selbst gesehen, letzten Herbst,

beim Brombeerpflücken. Ich bin auch erst erschrocken. Aber da braucht man doch nicht so zu schreien.«
Niemand antwortet ihr. Gisela und Ellen sind nur noch kleine Punkte vor den ersten Häusern des Dorfes. Ilse rollt sich zusammen und schaut durch das zarte Gewirr des Spargelkrautes hinauf in den blauen Himmel.
Sie ist sehr allein. Sie starrt den Himmel an, bis zu den weißflockigen Rändern am Horizont sucht sie ihn mit den Augen ab, sucht etwas zum Denken, um dieses hohle, leere Gefühl in ihrem Bauch zu vergessen. Aber der Himmel ist nur blau, der Saum hinter den Sauerkirschbäumen nur weißgrau, die Blätter sind grün, der Sand fahlgelb. Ich habe doch auch nicht geschrien, letztes Jahr, denkt sie. Ich habe die Beine zwischen den verrosteten Konservenbüchsen liegen sehen. Ich bin erschrocken. Aber ich habe nicht geschrien. Ich bin näher hingegangen und habe gemerkt, daß es nur eine alte, kaputte Puppe ist, ohne Augen, nur Löcher im Gesicht. Ein Arm hat ganz gefehlt, sonst hätte ich sie vielleicht sogar mit nach Hause genommen.
Ilse hat jetzt wirklich Bauchweh. Ob Ellen es dem Stumpff erzählt? Doch dann fällt ihr ein, daß sie den Stumpff nicht mehr hat, weil sie sitzengeblieben ist. Gott sei Dank wird sie den Stumpff nicht mehr haben. Eigentlich sollte sie sich darüber freuen, aber Ellens Gesicht, die aufgerissenen Augen und der schreiende Mund, schiebt sich zwischen sie und Lehrer Stumpff, und ihr Bauch tut sehr weh. Sie muß scheißen. Durchfall. Richtig erleichtert betrachtet sie den dampfenden Brei, schaufelt mit den Händen Sand darüber. Deshalb hat ihr der Bauch so weh getan. Das ist ganz normal, wenn man Durchfall hat. Die Oma gibt einem immer Kohletabletten gegen Durchfall.

Wie lang so ein Nachmittag dauert. Das dunkle Blau des Himmels ist blaß geworden. Die Sonne steht jetzt über Maldorf, ihre Strahlen fallen schräg durch den Kirschbaum.
Ilse holt den Ball und streichelt ihn wie eine Puppe. Dann, noch später, die Bäume werfen schon lange Schatten und der Himmel färbt sich langsam rosa, steht sie auf und geht auf das Dorf zu.
Die Mutter sitzt am Küchentisch. Vor ihr steht ein billiger, gelbgerahmter Spiegel mit einem aufklappbaren Metallbügel auf der Rückseite. Die Mutter hat Lockenwickler auf dem Kopf. Sie öffnet einen nach dem anderen und rollt ihn vorsichtig aus den Haaren.
Ilse bleibt an der Tür stehen. Die Mutter wirft ihr einen bösen Blick zu, fährt aber fort, die Lockenwickler herauszudrehen. »Ich versteh dich nicht«, sagt sie. »Erst wolltest du nicht bei der Oma bleiben, und jetzt das. Die Bachmeier war hier. Rumgeschrien hat sie. Und die Bluse von der Ellen will sie bezahlt haben, weil sie ganz zerrissen ist von den Dornen. Neunundzwanzig Mark fünfzig.«
Die Mutter nimmt den letzten Lockenwickler aus den Haaren und neigt sich vor, um sich im Spiegel zu betrachten. Die Locken liegen klein und dicht gerollt um ihren Kopf. Sie nimmt eine Bürste, fährt hinein in die Haare, bricht die fest zusammengeklebten Strähnen auf. Jetzt fallen ihre Haare locker und wellig. Sie betrachtet sich zufrieden. Dann dreht sie sich um und schaut Ilse an, die immer noch an der Tür steht. »Du kannst ruhig reinkommen«, sagt sie. »Passiert ist passiert. Aber die Bluse bezahle ich nicht. Soll sie doch besser auf ihre Kleine aufpassen. Die und ihre Ellen. So sensibel ist das Kind, hat

sie gesagt. Wenn ich so was schon höre. Dreißig Mark für eine Kinderbluse. Die spinnt!«
»Wo ist denn der Dieter?« fragt Ilse.
»Unten beim Helmut. Der Horst auch. Die machen unseren Apparat kaum mehr an, seit der Helmut einen Farbfernseher hat.«
Die Mutter schmiert sich hautfarbene Creme ins Gesicht und verteilt sic über den besonders schuppenden Stellen auf der Stirn, unterhalb der Backenknochen und am Kinn.
»Wie du nur auf die Idee gekommen bist«, sagt sie. »Aber dein Vater ist auch so. Der hat auch immer Geschichten erzählt, die nicht gestimmt haben. Und ich habe ihm geglaubt. Als der damals an den Wochenenden nicht heimgekommen ist, hat er mir erzählt, er muß ein Haus bauen, Schwarzarbeit, da schaut ein schöner Batzen raus. Und dann war es diese Witwe, der er das Haus hingestellt hat. Und vom Geld habe ich nichts gesehen. Von ihm auch bald nichts mehr. Er hat mich einfach sitzenlassen mit vier Kindern.«
Die Mutter zieht sich die Augenbrauen nach und schminkt ihren Mund. Dann nimmt sie das Handtuch von den Schultern und hängt es an den Haken neben das Spülbekken. »Ich geh jetzt weg. Zum Essen könnt ihr euch Bratkartoffeln machen, wenn das Fußballspiel aus ist.«
Ilse nickt. Sie nimmt die Schüssel mit den gekochten kalten Kartoffeln, stellt sie vor sich auf den Tisch und fängt an zu pellen.

10.

Ilse hat gedacht, daß sechs Wochen viel länger sind, sie hat sich nicht vorstellen können, daß sie mal vorbeigehen. Tage, die einfach Tage sind, morgens anfangen und abends aufhören, nur unterbrochen von Ilse-mach-das und Ilse-hilf-mir und Ilse-kannst-du-nicht-mal. Und dann sind sie doch vorbei. Die Oma hat Ilse einen Rock von Marga geschenkt, dunkles Schottenmuster, damit man den Dreck nicht so sieht, und die Mutter hat ihn enger und kürzer gemacht. Er ist sehr schön. Ilse würde sich freuen, wenn er nur nicht deshalb so ordentlich über dem Stuhl hängen würde, weil heute die Schule wieder anfängt. Ilse hat Bauchweh. Sie fühlt sich krank. Sie will nicht. Dann zieht sie sich an und geht in die Küche.

Dieter sitzt schon am Tisch und ißt, Horst steht vor dem Spülstein und wäscht sich das Gesicht, die Mutter gießt kochendes Wasser in den Kaffeefilter. Ilse schmiert sich ein Brot, das sie dann aber nicht essen kann, weil sich ihr der Magen bei dem süßlichen Geruch nach Erdbeermarmelade zusammenkrampft. Sie legt es zurück auf den Teller. Sie hat Angst vor der Schule. Sie hat immer Angst gehabt vor der Schule, aber heute ist es besonders schlimm. Die Angst sitzt überall. In den Armen, in den Beinen, im Bauch. Vor allem im Bauch.

Dummschreiber, Sitzenbleiber.

Die Kinder werden mit den Fingern auf sie zeigen. Lachen werden sie, um sie herumhüpfen und schreien: Bleistift-

kauer, Arschverhauer, Quatsch geschrieben, sitzengeblieben.
Ilse kann nicht essen, sie kriegt keinen Bissen runter. »Ich geh heut nicht in die Schule«, sagt sie. Die Worte dringen kaum durch das Würgen in ihrer Kehle.
Die Mutter schaut sie überrascht an. »Bist du krank?«
Ilse antwortet nicht.
»Hättest du besser aufgepaßt«, sagt Dieter, »dann wärst du auch nicht sitzengeblieben.«
Ilse steht auf und rennt zum Spülbecken. Sie würgt, aber es kommt nur ein bißchen bitterer Schleim heraus, sonst nichts.
»Bist du krank?« fragt die Mutter noch einmal.
»Merkst du nicht, daß sie Schiß hat?« fragt Dieter. »Sie traut sich nicht, das ist alles.«
Ilse spült den Mund mit kaltem Wasser aus und setzt sich wieder an den Tisch.
»Versteh ich nicht, daß du dich so anstellst«, sagt Horst kauend. »Das ist doch nicht so schlimm. Ich hab die vierte Klasse auch zweimal gemacht.«
Ilse senkt den Kopf tiefer über ihren Teller und schluckt. Der Horst, ja, den hat bestimmt keiner ausgelacht. Das sollte mal einer probieren, den auszulachen.
»Jetzt hör endlich auf mit dem Theater und fang an zu essen«, sagt die Mutter. »Dieter, du nimmst sie heute mit in die Schule und bringst sie in die Klasse rein.«
Dieter wehrt sich. »Ich bin doch kein Kindermädchen. Sie kann allein in die Schule gehen. Bring du sie doch, wenn du das willst.«
Die Mutter holt aus. »Machst du, was ich dir gesagt habe, oder ...« Man sieht ihr an, daß sie es ernst meint.

»Ja«, sagt Dieter schnell. »Ja.« Aber als die Mutter nicht herschaut, wirft er Ilse einen bösen Blick zu und hebt drohend die Faust.
Auf dem Weg knufft er sie in die Seite. »Los, lauf schneller, du blöde Gans.« Er geht hinter ihr her bis zum Klassenzimmer. Ilse macht keinen Versuch wegzulaufen. Es wäre nutzlos, er ist viel schneller als sie.
In der neuen Klasse ist auch die Ellen, die Ellen Bachmeier. Ilses Mutter hat die Bluse nicht bezahlt. »Dann gehen Sie halt zum Rechtsanwalt«, hat sie der Frau Bachmeier geantwortet. »Probieren Sie es doch.« Ilse hat in den Tagen danach jeden Morgen dem Briefträger aufgelauert, aber es ist kein Brief von einem Rechtsanwalt gekommen. Es ist überhaupt kein Brief gekommen. Dann hat Ilse es wieder vergessen. Jetzt, als sie Ellen sieht, denkt sie, es wäre vielleicht doch besser gewesen, wenn die Mutter die dreißig Mark bezahlt hätte für die Bluse.
Sie bleibt in der Türöffnung stehen. Sie traut sich nicht weiter. Frau Bayerlein sitzt schon vorn am Tisch und redet mit ein paar Kindern, die sich um sie drängen.
»Die Ilse«, sagt ein Kind. Es ist die Renate Klaus aus der Bachgasse.
Frau Bayerlein schaut zu ihr herüber. Ilse senkt den Kopf, verfolgt mit den Augen die Ritzen zwischen den braunen Holzbohlen. Frau Bayerlein steht auf und nimmt sie an der Hand. Ilse kann nicht verstehen, was sie sagt, in ihren Ohren rauscht es. Frau Bayerlein führt sie zur letzten Reihe, zu der Bank am Fenster. »Du bist sehr groß«, sagt sie. »Du sitzt besser ganz hinten.«
Ilse nickt, setzt sich. Das Zimmer sieht komisch aus, denkt sie. Genau wie mein altes, nur ist alles umgekehrt. Früher

hatte ich links das Fenster und rechts die Tür, und jetzt ist es andersherum.

Wenn sie aus dem Fenster schaut, sieht sie keine Bäume mehr, denn die stehen auf dem Platz hinter dem Schulhaus, dort, wo ein einfacher Maschendrahtzaun das Schulgelände von den Gärten und dem schmalen Pfad abgrenzt, der zu der Kirche führt. Vorn, zur Straße hin, dehnt sich der große Pausenhof mit dem Hauptportal und dem schmiedeeisernen Zaun auf einer niedrigen Sandsteinmauer. Den Pausenhof kann Ilse nicht sehen, aber wenn Leute auf der Straße vorbeigehen, sieht sie ihre Köpfe hinter dem Zaun.

Die Ulrike Keller kommt, legt ihren Ranzen auf den Tisch und setzt sich neben Ilse. Ilse rückt zur Seite, sitzt ganz still, hat die Hände vor sich auf den Tisch gelegt und betrachtet die Warze an ihrem Daumen. Aber die Ulrike macht nichts. Sie tritt sie nicht, und sie rempelt sie nicht an. Die Warze ist viel größer geworden, denkt Ilse. Ich muß mal wieder Wolfsmilchsaft draufmachen. Wolfsmilch bei Vollmond. Das letztemal hat es geholfen. Der Dieter ist mit ihr gegangen.

»Ilse«, ruft Frau Bayerlein. Sie fragt etwas. Aber Ilse hat nicht aufgepaßt, sie kann nicht antworten. Sie sitzt nur da und wartet, daß Frau Bayerlein sie in Ruhe läßt.

»Nimm dein Lesebuch«, sagt Frau Bayerlein. Ilse findet die Stelle nicht, die sie lesen soll. Ulrike beugt sich zu ihr herüber und zeigt sie ihr.

»Du mußt lauter lesen, Ilse. Wir verstehen dich nicht«, sagt Frau Bayerlein.

Ilse wäre am liebsten vor Scham in den Boden versunken, als einige Kinder sich umdrehen und sie anschauen. Sie liest nicht mehr. Frau Bayerlein ruft den nächsten auf. Als Ilse nach einer Weile den Kopf hebt, schaut sie in Ellens Gesicht. Ellen hat die Lippen vorgeschoben. Als sie merkt, daß Ilse sie ansieht, wird ihr Mund ganz schmal und hart, und sie dreht sich wieder zur Tafel.

»Hast du wirklich der Marion ein Loch in den Kopf gehauen?« fragt Ulrike in der Pause. Ilse wendet sich ab und rennt zum Klo. Sie verriegelt die Tür und setzt sich auf den Klodeckel. Langsam wird sie wieder ruhiger. Nebenan rauscht die Wasserspülung. Ilse zieht die Beine an, legt den Kopf auf die Knie und wartet. Erst als es läutet, steht sie auf, drückt den Hebel der Spülung und verläßt die Toilette.

Sie sollen malen. »Ein Erlebnis aus den Ferien. Oder wie es da ausgesehen hat, wo ihr wart.«

Ilse starrt auf ihr weißes Blatt.

»Ich war in Italien, am Meer. Es war sehr schön, immer Sonne und viel Sand«, sagt Ulrike.

Natürlich, die haben Geld. Keller-Heizöl. Früher hatten sie nur Kohlen. Die Leute sagen immer noch Kohlen-Keller zu ihrem Vater. Ilse war schon oft mit dem Leiterwagen dort, mit dem sie sonst im Wald Holz holen. Einen Zentner Briketts kaufen sie immer, manchmal auch Eierbriketts. Der Kohlen-Keller hebt den Sack auf den Wagen. Nach Hause fahren kann Ilse ihn allein, aber dort muß Horst den Sack vom Leiterwagen heben und ihn in den Verschlag im Schuppen kippen. Sein Gesicht und seine Hände sind dann schwarz vom Kohlenstaub. Auch Ulrikes Vater sieht so aus, wenn er die Kohlen in Säcke füllt. Er hat ganz hellblaue Augen, wie Seen in dem dunklen Gesicht. Einmal hat er mit seinem geschwärzten Zeigefin-

ger Kringel auf Ilses Backen gemalt. Ilse hat gelacht. Er ist ein netter Mann, der Kohlen-Keller. Ob er der Ulrike jeden Abend Schokolade mitbringt? Er könnte so einer sein. Der schon.
Ulrike malt Kinder mit Badehosen unter eine große, gelbe Sonne. Ilse schaut ihr zu. »Das Wasser war ganz warm«, erzählt Ulrike und malt blaue Wellen. »Nur so salzig, das kannst du dir gar nicht vorstellen. Das war scheußlich, wenn man Wasser in den Mund bekommen hat.«
Ilse weiß nicht, was sie malen soll. Wie kann man gegen ein filzschreiberblaues Meer ankommen?
Sie malt einen Berg. Und oben auf den Berg ein Haus. Und um das Haus herum Bäume. Unten, an den Fuß des Berges, ein Pferd, und auf das Pferd sich selbst.
»Was ist das?« fragt Ulrike.
»Ich war bei meinem Vater. Er wohnt in einem Haus ganz für sich allein. Und er hat ein Pferd. Ich durfte jeden Tag auf dem Pferd reiten.«
»Toll. Das möchte ich auch mal.«
»Aber dann«, sagt Ilse, »ist das Pferd krank geworden und gestorben.«
Frau Bayerlein kommt und schaut den Kindern zu. »Was ist das?« fragt sie und deutet auf Ilses Bild.
Ilse nimmt den dicken schwarzen Filzschreiber aus Ulrikes Federmäppchen und streicht ihr Bild mit vielen wilden Strichen zu, bis es so schwarz ist wie die Kohlen vom Kohlen-Keller.
»Das ist aber schade«, sagt Frau Bayerlein. »Es war ein schönes Bild. Willst du vielleicht ein neues malen?«
Ilse schüttelt den Kopf. »Nein.« Sie weicht Frau Bayerleins Blick aus und fängt an, ihre Buntstifte zu spitzen. Frau

Bayerlein zuckt mit den Achseln, dreht sich um, geht zur nächsten Bank.

»Warum hast du das gemacht?« fragt Ulrike leise.

»Das Pferd ist tot. Ich will nie mehr zu meinem Vater gehen, weil das Pferd tot ist. Nie mehr gehe ich hin, obwohl er mir jeden Abend Schokolade mitgebracht hat.«

»Vielleicht kauft er ein neues Pferd?«

»Nein«, antwortet Ilse. »Er kauft kein Pferd mehr. Und seine Schokolade kann er selber essen. An den Hut stecken kann er sich die.« Sie wickelt sich fester in ihre Strickjacke. Der Sommer ist vorbei.

»Na«, fragt die Mutter zu Hause. »War es so schlimm?«

»Nein«, sagt Ilse. »Ich sitze neben der Ulrike vom Kohlen-Keller.«

»Die ist die einzige Tochter«, sagt die Mutter und rührt mit dem Kochlöffel in der Suppe. »Die erbt mal das Geschäft.«

Ilse stellt ihren Ranzen in die Ecke. »Soll ich das Fenster putzen?«

»Wenn du willst. Schaden könnte es nicht.«

Ilse holt sich heißes Wasser aus dem Schiff am Herd und reibt mit dem nassen Leder so heftig über die Scheiben, daß sie quietschen.

11.

Das Schreien ist so laut, daß Ilse davon aufgewacht ist. Es kommt von unten, aus der Wohnung der Schusters. Laut und durchdringend füllt es das dunkle Zimmer. Horst setzt sich auf. »Hört ihr's auch?«
»Ja«, antwortet Dieter.
»Mach das Licht an.«
Dieters Bettdecke raschelt, sein Bett knarzt. Dann ist es hell. Ilse blinzelt in das Licht, hält ihre Hand schützend vor die Augen. Horst stützt sich auf. »Der Schuster schlägt seine Frau tot.«
»Oder sie ihn«, sagt Dieter. »Die ist auch nicht ohne. Ich hab mal gesehen, wie sie mit dem Fleischklopfer auf ihn losgegangen ist. Das hättest du sehen sollen, wie schnell der da abgehauen ist.«
Ilse wickelt sich fest in ihre Decke. Sie ist froh, daß Dieter das Licht angemacht hat. »Wo ist die Mama?« fragt sie. »Ich hab Angst. Ich will, daß die Mama kommt.«
»Blöde Nuß. Meinst du, der Schuster kommt hier herauf?« Horst lacht laut. Viel zu laut.
Ilse bekommt noch mehr Angst bei diesem Lachen. »Wo ist die Mama?«
»Mit dem Eduard weg. Das weißt du doch.«
Es ist Frau Schuster, die so schreit. Nichts anderes ist zu hören als dieses Schreien, mal wird es leiser, dann wieder sehr laut. Ilse kann einfach nicht weghören. Jetzt fängt Horst an zu singen: »Warte, warte noch ein Weilchen,

dann kommt der Schuster auch zu dir. Mit dem kleinen Hackebeilchen klopft er dann an deine Tür.«
Ilse hält sich die Ohren zu. Sie kann den Schuster die Treppe raufschleichen sehen, mit einem Beil in der Hand, eine Stufe nach der anderen, immer höher, immer näher.
»Ein schönes, kleines, silbrig glänzendes Hackebeilchen«, sagt Horst. »Vielleicht klebt sogar Blut dran.«
»Hör auf.« Dieter schreit fast. »Du tust ja nur so.«
»Meinst du etwa, ich hätte Angst?« fragt Horst. »Ich doch nicht. Der Schuster soll nur kommen. Den mach ich fertig.«
Trotzdem steht er auf und schiebt den Türriegel von innen vor. »So, jetzt kann er nicht rein.«
»Das nützt nicht viel«, sagt Dieter.
»Dann schieben wir halt noch die Kommode vor die Tür. Die schafft er bestimmt nicht. Komm, hilf mir.«
Dieter steht auf. Die Kommode ist schwer und ratscht laut über den Boden. »So«, sagt Horst. »Jetzt können wir das Licht wieder ausmachen und schlafen.«
Ilse liegt im Dunkeln. Ein paar Minuten ist es ganz ruhig gewesen, aber jetzt fängt das Geschrei wieder an. Auch der Schuster schreit. Ilse ist hilflos. Hilflos und ausgeliefert. Auch eine Kommode nützt nichts gegen die Angst. Sie rollt sich von einer Seite auf die andere und hält sich die Ohren zu. Sie zieht sich die Decke über den Kopf und kauert sich in dem warmen, nach Angstschweiß riechenden Loch zusammen. Aber auch eine Decke ist kein Schutz gegen den Schrecken.
Die Geräusche klingen jetzt nur noch leise und gedämpft. Ilse reißt die Decke wieder von ihrem Kopf weg. Es ist noch viel schlimmer, wenn man nicht richtig hört, was los

ist, wenn man nur weiß, daß etwas passiert. Sie könnte schon tot sein, die Frau Schuster.
»Der Alte tobt aber heute wirklich besonders arg«, sagt Horst mit einer Stimme, wie er sie früher gehabt hat, als er noch nicht so groß gewesen ist. Ilse würde am liebsten weinen, weil er mit so einer Stimme spricht.
Unten wird es wieder lauter.
»Nur weil er so viel säuft, der Schuster, nur deshalb ist er so«, sagt Dieter. »Ich werde nicht saufen, später, wenn ich erwachsen bin.«
»Also mir schmeckt Bier«, antwortet Horst. Plötzlich hat er wieder seine normale Stimme. »Der Schuster verträgt halt nichts, das ist es.«
Im Zimmer oben hört man Schritte. Jemand schlurft über den Boden, ein Fenster wird zugeschlagen. »Der Knieser«, sagt Horst. »Der alte Kacker ist aufgewacht. Der macht sich bestimmt vor lauter Angst in die Hosen. Und morgen zeigt er den Schuster wieder mal bei der Gemeinde an.«
Dann sagen sie nichts mehr. Sie lassen Ilse allein mit der Angst. Ihre Stimmen haben geholfen. Ihre Stimmen waren so etwas wie Sicherheit. Ilse liegt starr im Bett. Jeder Schrei von unten, jedes Geräusch dringt durch die Ohren in ihren Körper ein und läuft durch ihn hindurch. Irgendwann wird es ruhig. Die Stille ist noch schlimmer als der Krach vorher. Ilse lauscht in diese Stille, hofft auf einen Ton, ein Lebenszeichen.
Viel später kommt die Mutter. Ilse hört sie die Treppe heraufsteigen. Vorsichtig umgeht sie die knarrenden Stellen, schließt die Küchentür auf, macht sie leise hinter sich zu. Der Wasserhahn rauscht. Dann wieder der Schlüssel,

der im Schloß gedreht wird, die Mutter geht in ihr Zimmer. Erst als Ilse das Bett nebenan knarren hört, kann sie wieder einschlafen.
Am nächsten Morgen sitzt Ilse neben Helmuts Bett auf dem Stuhl. Frau Schuster ist zum Arzt gegangen, den Philipp hat sie mitgenommen, den Bruno zu ihrer Mutter geschickt, er soll bis Montag morgen dort bleiben. Frau Schuster hat eine große Beule an der Schläfe, dick geschwollen, in der Mitte aufgeplatzt, mit geronnenem Blut an den Rändern. Als Frau Schuster mit dem Philipp an der Hand zur Küchentür reingekommen ist, hat Ilse den Kopf abwenden müssen, weil ihr schlecht geworden ist.
»Hast du meine Mutter gesehen?« fragt Helmut.
»Ja.«
»Das war mein Vater, gestern abend. Er war mal wieder stockbesoffen.«
»Ich hab's gehört«, sagt Ilse. Sie will, daß Helmut aufhört, darüber zu reden. Sie will sich nicht an die Nacht erinnern. Schon bei dem Gedanken an die Angst fängt sie an zu schwitzen.
»Er sagt immer, er säuft nur, weil das mit mir passiert ist«, sagt Helmut leise. Er greift nach Ilses Hand und hält sie fest. Seine Hand ist mager und weich, selbst die Knochen fühlen sich so dünn an, als könnte man sie zerdrücken wie zu lang gekochte Hühnerbeine. Ilse will sich freimachen, aber er greift fester zu.
»Das stimmt aber nicht«, sagt er. »Das ist nicht wahr. Er hat auch früher schon gesoffen. Das ist nur eine Ausrede, das mit mir.«
Ilse kann sich an den Herrn Schuster von früher nicht mehr

erinnern, aber sie nickt. Sie wehrt sich auch nicht mehr gegen seine Hand.
»Ilse«, sagt er. »Ich lebe nicht mehr lang.«
Sie starrt ihn erschrocken an. Er lacht, ein schiefes Lachen, und sieht in diesem Augenblick seinem Bruder ähnlich, dem Bruno. Eierkopf im Suppentopf.
Man stirbt, wenn man alt ist. Oder bei einem Unfall wie Ute oder wie der Onkel Peter, der sich den Kopf eingerannt hat, als er neunzehn war. Aber doch nicht so. Helmut doch nicht. Ilse schüttelt den Kopf.
»Doch«, sagt Helmut. »Ich weiß es. Ich kann dir auch sagen, warum ich das so genau weiß.«
Ilse fragt nicht, warum. Sie will es nicht wissen. Sie will überhaupt nichts wissen. Sie will wieder hinauf in die vertraute Küche. Samstag ist heute. Bald wird die Mutter am Herd stehen und kochen. Kartoffelsuppe gibt es, das hat sie beim Frühstück gesagt. Die Küche wird nach gebratenen Zwiebeln und Speck riechen. Daran will Ilse denken, nicht an das, was der Helmut sagt.
Aber er hält ihre Hand fest und redet weiter. »Alle, die einen Unfall gehabt haben, läßt man einen Beruf lernen. Im Krankenhaus waren noch andere Gelähmte, und die hat man alle nach einiger Zeit in ein anderes Krankenhaus geschickt, in eine besondere Schule, wo sie einen Beruf lernen. Irgend etwas, wozu man die Beine nicht braucht. Nur mich haben sie nicht geschickt. Bei mir lohnt sich das nicht. Ich habe gesagt: Ich will auch einen Beruf lernen, ich will auch dahin. Und sie haben geantwortet: Jetzt gehst du erst mal eine Zeitlang nach Hause und erholst dich. Dann sehen wir weiter.«
»Aber das ist doch richtig, daß du dich erst mal erholen

sollst«, sagt Ilse. Das sieht doch jeder, daß der Helmut sich erholen muß, so blaß und dünn wie er ist.
»Du kapierst nichts.« Helmut dreht seinen Kopf zum Fenster, weg von Ilse. Aber sie sieht trotzdem, daß er weint, sie hört es an seinem unterdrückten Schnaufen. Aufmerksam betrachtet sie den gefleckten, bräunlichen Fußbodenbelag mit den abgestoßenen Stellen vor dem Stuhl, nur damit sie sein Weinen nicht sehen muß – und damit er nicht sieht, daß sie es sieht.
Sie nimmt ihre Hand aus seiner. »Ich schau mal nach dem Feuer, daß es nicht ausgeht. Es ist kalt heute.« Sie legt zwei Briketts auf, dann setzt sie sich wieder auf den Stuhl.
»Es lohnt sich nicht bei mir«, sagt der Helmut. »So ist das, es lohnt sich bei mir nicht.«
Die Haustür fällt ins Schloß. Schwere Schritte sind es, die die fünf Stufen heraufkommen. Ilse kennt diese Schritte. Der Herr Schuster ist das. Sie will aufstehen, aber der Helmut greift wieder nach ihr. »Bleib da, bitte.«
Ilse bleibt. Sie hört, wie der Herr Schuster in der Küche das Wasser laufen läßt, und sie hört das laute Prusten, das sie vom Opa her kennt. So waschen sich die Männer nach der Arbeit, schlagen sich mit den geöffneten Händen das Wasser ins Gesicht und prusten und schnauben, um Mund und Nase freizuhalten. Beim Opa muß Ilse immer darüber lachen. Aber jetzt lacht sie nicht. Ihr ist kalt. Sie merkt die Gänsehaut, die ihr über den Körper kriecht und die Härchen auf ihren Unterarmen hochstehen läßt.
»Bleib da, bis meine Mutter kommt«, sagt Helmut.
Und Ilse bleibt. Sie hört ihre Mutter die Treppe hinuntergehen. Sie geht einkaufen, denkt sie. Ich würde jetzt auch lieber einkaufen gehen als hier zu sitzen. Hoffentlich

vergißt sie nicht, daß wir kein Spülmittel mehr haben. Und Zucker ist auch nicht mehr viel da.
Sie sitzt lange bei Helmut. Aber er sagt nichts mehr. Er hält ihre Hand fest. Nur daran, daß er ihre Hand so fest hält, merkt sie, daß er nicht schläft. Sie weiß auch nicht, was sie zu ihm sagen könnte. Aus der Küche kommt kein Ton mehr. Vielleicht hat er sich hingelegt. Die Schusters haben ein Sofa in der Küche, und der Herr Schuster liegt oft dort, samstags und sonntags nach dem Mittagessen. Vielleicht ist er auch am Tisch eingenickt, wie der Opa manchmal, wenn er sehr müde von der Arbeit ist.
Dann hört Ilse die Schritte ihrer Mutter. Sie geht langsam, viel langsamer als früher. Auf der halben Treppe bleibt sie stehen. Sie muß jetzt auch öfter verschnaufen. Sie ist krank, denkt Ilse. So schlecht, wie sie immer aussieht.
Schließlich kommt Frau Schuster. Sie geht gar nicht zuerst in die Küche, sie kommt gleich in Helmuts Zimmer. Philipp ist auf ihrem Arm eingeschlafen. Sie legt ihn an das Fußende von Helmuts Bett.
»Was hat der Doktor gesagt?« fragt Helmut.
»Wenn er ein bißchen fester zugehauen hätte, wäre es aus gewesen«, antwortet Frau Schuster. »Noch ein bißchen stärker, und ich wäre nicht mehr da.« Sie zieht Philipp bis auf das Hemd und die langen Unterhosen aus und legt ihn in sein Bett an der anderen Seite des Zimmers. »Er hat heut nacht zuwenig geschlafen«, sagt sie. »Kein Wunder, daß er so müde ist.« Philipp steckt den Daumen in den Mund und macht die Augen wieder zu.
»Danke, Ilse«, sagt Frau Schuster. Sie läßt sich auf den Stuhl fallen, den Ilse für sie freigemacht hat. Die Beule an ihrem Kopf ist jetzt verpflastert und riecht scharf und

durchdringend nach Doktor. Ilse muß immer wieder hinschauen.
»Ihr Mann ist schon da. In der Küche.«
Frau Schuster streicht sich die Haare aus der Stirn, vorsichtig, damit sie den Verband nicht berührt. »Jetzt wird es ihm wieder leid tun. Es ist immer dasselbe mit ihm. Der gibt keine Ruhe, bis er mich unter der Erde hat. Na ja, ich geh gleich rüber, Essen machen. Ich will mich nur ein bißchen ausruhen vorher.«
»Also dann auf Wiedersehen«, sagt Ilse. Keiner antwortet ihr. Sie steigt die Treppe hoch. Sie läßt die Hände am Geländer ganz weit nach vorn rutschen, greift dann fest zu und zieht ihren Körper nach. Fast so, als könnte sie nicht mehr laufen. Doch die letzten Stufen rennt sie.
Die Mutter steht am Spülstein und wäscht Kartoffeln. Es riecht wirklich nach Zwiebeln und gebratenem Speck. »Ach, Mama«, sagt Ilse und drückt sich an die naßgespritzte Schürze ihrer Mutter. »Ach, Mama.«

12.

Am Sonntagmorgen, als sie um den Tisch sitzen und Kaffee trinken, Bohnenkaffee für die Mutter und Horst, Muckefuck für Dieter und Ilse, sagt die Mutter: »Ich bin heute nicht da. Ihr könnt bei der Oma essen. Geh gleich nachher rauf, Dieter, und sag ihr Bescheid.«

»Ich gehe mit Henner zum Falkenheim«, sagt Horst.

»Aber vergiß nicht, bei der Oma wird sonntags pünktlich um zwölf gegessen. Auf die Minute.«

»Ja, ja.« Horst ist aufgestanden. Er hält einen Kamm unter den Wasserhahn und kämmt sich die Haare straff nach hinten. Mit der rechten Hand schiebt er eine nasse Strähne schräg über das Ohr, mit Daumen und Zeigefinger der linken drückt er sich eine Welle hinein.

»Du mit deinen Schmalzlocken«, sagt Dieter.

»Halt's Maul. Oder willst du was?«

Dieter schaut seinen Bruder an, die schmalen Schultern hochgezogen. »Gib doch nicht so an«, sagt er mit einer ganz hohen, aufgeregten Stimme.

Horst dreht sich zu ihm um. »Du kleiner Scheißkerl«, sagt er, stößt mit einem kurzen, heftigen Ton die Luft aus und boxt Dieter ins Gesicht. Dieter schlägt die Hände vor die Augen und legt den Kopf auf den Küchentisch, aber er weint nicht. Nach einer Weile steht er auf und wäscht sich das Blut aus dem verschmierten Gesicht.

»Bist selber schuld«, sagt die Mutter. »Warum hast du dich auch mit ihm anlegen müssen.«

Ilse steht auf und rennt die Treppe hinunter. Sie muß dringend aufs Klo. Ein schwüler Herbsttag ist das heute, fast so warm wie im Sommer. Bei so einem Wetter stinkt das Klo besonders unangenehm. Sie muß sich überwinden, um in das Holzhäuschen hineinzugehen. Grünschillernde Schmeißfliegen surren um das runde Loch in dem Brettersitz. Ilse zieht ihre Unterhose runter und setzt sich. Ihre Beine sind jetzt so lang, daß sie mit den Fußspitzen den Boden berührt, aber die Öffnung unter ihrem Hintern ist noch viel zu groß, sie muß sich mit beiden Händen am Rand abstützen. Immer hat sie Angst, in dieses dunkle, unheimliche Loch hinunterzufallen. »Das ist schon passiert«, hat die Oma erzählt. »Da ist ein Kind in die Jauche gefallen und ersoffen. Das ist kein schöner Tod, so was.« Ilse würgt. Nach einem lauten, säuerlichen Rülpser geht es ihr besser.
Als sie die Tür wieder hinter sich zumacht und den Riegel vorschiebt, kommt Dieter aus der Haustür. Seine Nase ist geschwollen, die Nasenlöcher dunkel vom geronnenen Blut. »Ich geh schon zur Oma«, sagt er.
Sie nickt. Er tut ihr leid, sie hätte es ihm gern gesagt, aber sie weiß nicht, wie. So sagt sie gar nichts.
»Ilse«, ruft Helmut, als sie an seiner Zimmertür vorbeigeht. »Komm doch ein bißchen rein.«
Aber sie ist ungeduldig. »Ich muß zur Oma. Ich kann heut nicht.«
In der Küche ist die Mutter schon fertig zum Gehen. Sie hat ihr rotes Kostüm an, und ihre Lippen leuchten in dem blassen Gesicht. »Ich geh jetzt«, sagt sie. »Ihr braucht abends nicht auf mich zu warten. Macht euch was zu essen und geht ins Bett. Aber nicht so spät. Um zehn ist das Licht

aus. Und vergeßt nicht, mir den Schlüssel unter die Fußmatte zu legen.«

Horst geht mit ihr die Treppe hinunter. Ilse, jetzt allein in der Küche, greift nach einem Kamm und setzt sich vor den Spiegel, der noch auf dem Tisch steht. Sie kämmt sich lange und betrachtet dabei ihr Spiegelbild. Ihre Haare sind blond und strähnig. Sie versucht sich vorzustellen, daß sie braune Locken hätte, so wie die Marga oder der Horst, aber es gelingt ihr nicht. Wenigstens rote Lippen, denkt sie und fängt an zu suchen. Aber der Lippenstift ist nicht da. Die Mutter muß ihn mitgenommen haben. Im Aschenbecher sieht Ilse eine nicht ganz fertig gerauchte Zigarette. Sie steckt die Kippe in die Rocktasche und nimmt auch noch die Schachtel Streichhölzer aus der Tischschublade. Horst raucht schon. Ilse hat gesehen, daß er immer wieder der Mutter eine Zigarette oder zwei aus der Schachtel klaut. Die Mutter hat noch nie was dazu gesagt, vielleicht merkt sie es überhaupt nicht. Ilse schaut nach, ob die Schlafzimmer abgeschlossen sind. Es ist zwar nichts drin, was man klauen könnte, aber man weiß ja nie. Dann geht sie, verschließt auch noch die Küchentür und legt den Schlüssel unter die Fußmatte.

Es ist wirklich schwül. Vielleicht wird es abends ein Gewitter geben. Sie hat Angst vor Gewittern. Ich muß aufpassen, denkt sie, daß es mich nicht auf dem Heimweg erwischt.

Die Kirchenglocken fangen an zu läuten, als sie von der Bäckergasse in die Bergbachstraße einbiegt. Zehn Uhr. Ilse geht fast nie in die Kirche. Das letztemal ist sie dort gewesen, als der Schragendorfer-Opa beerdigt worden ist. Das ist schon lang her. Marga wird nächste Ostern konfir-

miert, da wird Ilse wieder in die Kirche gehen. Jetzt kommt sie an der Einfahrt vorbei, die zu Omas Haus führt. Aber sie wirft nur einen Blick darauf, geht weiter, die Straße hinauf. Nach dem Haus vom Schaaf Wilhelm biegt sie rechts ab und läuft die Treppen hoch zum Kreuzberg. Am Aussichtstempel bleibt sie stehen. Vor ihr liegt das Dorf. Omas Küchenfenster kann man sehen und im Hinterhof den Holzschuppen und den Hühnerstall. Drei Hühner hat die Oma jetzt nur, aber nächstes Frühjahr wird sie sich wieder Küken holen, hat sie gesagt. Ilse mag Küken. Sie schaut hinüber zum Unterdorf, zur Sandgasse. Es ist weit weg, fast am Dorfrand. Das Gemeindehaus kann man nicht sehen, es wird von anderen Häusern verdeckt. Dunstig ist es heute. Schwül und dunstig. Der Rhein, der an manchen Tagen wie eine silberne Schlange am Horizont glitzert, verschwindet in dem flimmrigen Nebel zwischen Land und Himmel.
Ilse geht in den Wald hinein, drückt sich an Holunderbüschen vorbei auf den schmalen Pfad, der auf halber Höhe am kleinen Steinbruch endet. Über Felsbrocken klettert sie zur Höhle im oberen Teil des Steinbruchs. Sie ist nicht tief, die Höhle, vielleicht einen oder zwei Meter, aber groß genug, daß sich ein Kind in ihr verstecken kann. Ilse hebt ihren Rock hoch, damit er nicht von dem staubenden gelben Kies verdreckt wird. Die Oma schimpft immer, wenn die Kinder schmutzig zu ihr kommen, besonders sonntags. Und Ilse hat ihren guten Rock an, den grünen mit den schwarzen Schmetterlingen und den beiden aufgenähten Taschen. Sie sitzt mit dem Rücken zur Höhlenwand und schaut den kleinen Steinbruch hinunter. Früher hat man hier mal Kies gebrochen, aber nicht lange. Es hat

sich nicht gelohnt, sagt der Opa. Der Kies war nichts wert, zu bröckelig, zu sandig. Der untere Zugang zum Steinbruch, über den Weg am Kreuzberg vorbei zur Blumenfeld-Villa, ist schon längst wieder zugewachsen, dürre Schwarzdornhecken und Holunder wuchern bis an die Kieshalde.

Ilse denkt an Helmut. Hier ist es nicht gewesen, wo er abgestürzt ist. Hier ist es nicht hoch, und der Hang ist nur so schräg, daß man sich höchstens die Knie blutig schlagen kann, wenn man runterfällt. Helmut ist am großen Steinbruch im Erlenbachtal abgestürzt, ein Platz, an dem sich die jungen Kerle früher gern getroffen haben. Dort sind sie dann rumgeklettert. Bis das mit dem Helmut passiert ist. Jetzt geht keiner mehr hin.

Ilse nimmt die Zigarette aus der Tasche und steckt sie in den Mund. Die Luft, die sie durch die kalte Kippe einatmet, schmeckt bitter und brennt auf der Zunge. Sie zündet ein Streichholz an, wartet, bis das Flämmchen hell züngelt, und hält es an den Stummel. Sie zieht kräftig. Dann, plötzlich, spürt sie den Schmerz von der Wunde, die die Flamme in ihre Lippen beißt. Sie schreit und spuckt die Kippe aus. Das Streichholz fallt neben ihr in den Kies und verglüht langsam. Ilse weint, so weh tun ihr die Lippen. Sie hält die gewölbte Hand vor den Mund und unterdrückt das Weinen. Es dauert lange, bis der Schmerz nachläßt.

Dann nimmt sie die Streichhölzer und rutscht, die Beine fest gegen den Boden gestemmt, den Hang hinunter. Unter der Schwarzdornhecke sammelt sie ein paar dürre Zweige und trockene Blätter zu einem Haufen und hält ein brennendes Streichholz daran. Es fängt an zu glimmen. Noch ein bißchen Holz, dann hat sie ein kleines Feuer. Sie zerrt einen abgebrochenen Ast die paar Meter von den Bäumen herüber und legt ihn auf die Glut. Als die Flammen anfangen zu züngeln und die untersten Zweige des Busches ergreifen, rennt sie weg, krabbelt auf allen Vieren den Steinbruch hinauf und nimmt wieder den kleinen Pfad zum Kreuzberg hinüber. Unterwegs klopft sie sich die gelben Sandspuren von Rock und Bluse. Von oben, vom Aussichtstempel aus, sieht man nur eine winzige Rauchfahne über dem Steinbruch. Ilse bleibt eine Weile stehen und schaut zu, wie sich der Rauch in dem diesigen Himmel auflöst. Dann wirft sie die Streichhölzer weg und rennt den Berg hinunter. Sie muß sich gar nicht anstrengen, ihre Beine bewegen sich bei dem starken Gefälle von ganz allein. Unten am Weg hat sie Mühe, ihre Geschwindigkeit zu bremsen. Fast wäre sie in die Büsche gefallen.

Sie sitzt schon lange bei der Oma in der Küche und hilft ihr beim Bohnenabziehen, als die Feuersirene aufheult. Opa, der am Küchentisch gesessen und die Zeitung gelesen hat, springt auf und holt aus dem Schlafzimmerschrank seine Uniformjacke und den Helm. Im Laufen zieht er die Jacke über sein blaues Flanellhemd. »Der alte Esel«, sagt die Oma. »Wie der rennt. Und bis er zum Spritzenhaus kommt, sind die Jungen schon längst weg.«

Marga und Dieter rennen auch los, sie wollen sehen, wo es brennt. Ilse bleibt ruhig sitzen und zieht mit einem spitzen Messer die Fäden an den Bruchkanten der Bohnen herunter.

Mittagessen gibt es heute erst zwei Stunden später, als der Opa wieder heimkommt. »Im kleinen Steinbruch hat's gebrannt«, erzählt er.

»Warum?« fragt die Oma und stellt die Bohnenschüssel auf den Tisch.
»Wahrscheinlich hat wieder jemand geraucht und die Kippe weggeworfen«, antwortet der Opa. »Irgendeiner von den Fremden wird es gewesen sein. Die passen ja nie auf. Es ist jedes Jahr das gleiche.«
Ilse senkt den Kopf über den Teller und fängt an zu essen. Schweinebraten mit Salzkartoffeln.
Nach dem Essen geht die Marga in ihr Zimmer. Sie muß sich ausruhen. Dieter blättert in der Zeitung. Ilse stellt die dreckigen Teller aufeinander und legt das Besteck in die leere Gemüseschüssel. Dann läßt sie heißes Wasser einlaufen zum Spülen. Die Oma kratzt den Rest Kartoffeln auf ein Tellerchen und stellt es in den Kühlschrank. »Das bißchen hättet ihr ja auch noch essen können.«
Niemand antwortet ihr. Der Opa hat den Kopf auf den Tisch gelegt. Er ist müde.
»Nie sagt er was«, brummt die Oma. »Immer muß ich alles allein machen. Und er sagt nichts dazu.«
Sie räumt die Teller und Schüsseln zum Spülstein, spritzt Spülmittel in die große Plastikschüssel mit dem heißen Wasser und fängt an. Der Opa ist auf seinem Rohrsessel zusammengesunken und schnarcht leise. Mit gleichmäßigen Bewegungen nimmt die Oma ein Stück nach dem anderen, kreist im Wasser mit dem Spüllappen darüber und gibt es dann der Ilse zum Abtrocknen. Dieter faltet raschelnd die Zeitung zusammen und geht raus.
»Ich wette, der macht sich wieder an meine Monatserdbeeren«, sagt die Oma. »Immer tut er das.«
Ilse antwortet nicht.
»Warum schickt euch die Mama eigentlich immer zu mir?«

fragt die Oma. »Warum nicht mal zur alten Schragendorfer? Die ist zehn Jahre jünger als ich. Ich bin nicht mehr so gut beieinander. Manchmal glaube ich, ich mach's nicht mehr lang, so tut mir das Kreuz weh. Alles tut mir weh. Ohne Tabletten könnte ich es schon nicht mehr aushalten. Ich hab zuviel gearbeitet in meinem Leben. Viel zuviel.«
»Die Schragendorfer-Oma will nicht, daß wir kommen«, sagt Ilse. »Sie hat nicht mehr die Nerven dazu.«
»Die macht sich's leicht«, sagt die Oma. »Und wie ihr wieder ausseht. Der Dieter mit seiner Nase. Und was hast du eigentlich angestellt?«
Ilse fährt sich vorsichtig mit dem Zeigefinger über die wunde Lippe. »Beim Feueranmachen«, sagt sie. »Ich bin zu nah an die Flamme gekommen.«
»Immer habt ihr irgendwas. Und wie ihr angezogen seid. Wenigstens sonntags könnte eure Mutter darauf aufpassen, daß ihr sauber seid. Ich laß doch die Marga auch nicht so rumlaufen.«
Sie hat das Geschirr fertiggespült. Mit dem ausgedrückten Spüllappen geht sie zum Tisch. Mit weit ausholenden Bewegungen wischt sie sich den Dreck in die geöffnete, an die Tischkante gehaltene Hand. Sie wischt um Opas Arme herum. »Am liebsten würde ich ihn vom Tisch stoßen«, sagt sie leise und böse. »Damit er endlich mal wach wird und aufhört zu schnarchen. Jeden Samstag und jeden Sonntag ist es dasselbe.«
Sie wirft die Krümel in den Abfalleimer und wischt sich die Hand an der Schürze ab. »Nach mir fragt ja auch niemand. Kein Mensch kümmert sich darum, ob ich müde bin oder nicht. Tag für Tag muß ich arbeiten, saubermachen, kochen. Ich habe nie frei. Mein ganzes Leben lang habe ich

arbeiten müssen. Als ich so alt war wie die Marga, war ich schon bei einem Bauern verdingt.«
Ilse ist jetzt auch fertig mit dem Abtrocknen. Die Oma nimmt ihr das feuchte Geschirrtuch aus der Hand und wischt damit über den weißlackierten Unterbau der Spüle, schüttelt es aus und hängt es über den Beckenrand zum Trocknen. Ilse räumt das Geschirr in den Schrank.
Die Oma wischt sich mit dem rechten Unterarm den Schweiß aus dem Gesicht. »So, jetzt setz ich mich auch ein bißchen hin. Bis zum Kaffeetrinken. Einen großen Streuselkuchen habe ich gestern gebacken. Als hätte ich gerochen, daß ihr kommt.«
»Krieg ich jetzt schon ein Stück?« fragt Ilse.
Die Oma nickt. Sie setzt sich in den hohen Stuhl unter dem Fenster. Sie lehnt sich so weit zurück, daß ihr Kopf an dem vorspringenden Brett der Fensterbank liegt und sie die krampfadrigen Beine weit gespreizt von sich strecken kann. Ihre Hände mit der vom Spülen aufgeweichten Hornhautschicht auf den Innenflächen liegen auf den Armlehnen. Es dauert nicht lange, da nickt ihr Kopf nach vorn, und die Oma schnarcht auch.
Ilse öffnet die Backofentür und schneidet sich von dem Kuchen ein schönes, großes Stück ab. Dann geht sie hinaus. Sie zieht die Küchentür ganz leise hinter sich zu. Im Hinterhof steht Dieter an dem Beet und ißt Erdbeeren.
»Wollen wir mal gucken, wo's gebrannt hat?« fragt Ilse. »Zeigst du es mir?«

13.

Ilse trödelt auf dem Heimweg noch mehr als sonst. Am Konsum bleibt sie stehen und betrachtet das Schaufenster, liest die Waschmittelreklame, die Liste mit den Sonderangeboten. 1 Dose Würstchen, 5 Stück, DM 2,19 – Schweinekotelett 1000 g, DM 11,70 – Poularden, 650 g, DM 3,78 – Apfelmus 500-g-Glas DM –,79. Ilse liest das und denkt an etwas ganz anderes.

Vorhin, sie hat noch ein bißchen mit der Ulrike im Schulhof gestanden und zugehört, wie die Schneider Ursula von ihrer Oma erzählt hat, die die Treppe runtergefallen ist und sich ein Bein gebrochen hat, ist plötzlich Frau Bayerlein gekommen und hat Ilse auf die Seite gezogen.

»Komm heute um fünf zu mir nach Hause, Ilse. Ich will das Einmaleins mit dir üben. Irgendwann mußt du es ja lernen.«

Ilse wäre am liebsten weggelaufen, aber das hat sie sich nicht getraut.

»Also du kommst, nicht wahr?« hat Frau Bayerlein gefragt. Und als Ilse den Kopf gesenkt hat, hat sie ihr die Hand auf die Schulter gelegt. »Ich freß dich schon nicht, Ilse. Ich will dir doch nur helfen.«

Ilse weiß nicht, was sie davon halten soll. Sie will nicht hingehen, aber sie kann auch nicht wegbleiben.

5 Tafeln Schokolade DM 3,99.

Ilse geht weiter. Am Kornmeierhaus begegnet sie der alten Lene. Sie fuchtelt wild mit den Armen in der Luft herum

und redet laut vor sich hin. Lauter unverständliches Zeug. Einen Satz versteht Ilse. »Der soll nur kommen«, sagt die Lene und hebt drohend die Faust.
Ilse bleibt stehen und schaut der Lene nach. Ihr aufgedunsener Körper wabbelt unter der dunklen Kittelschürze, und die Ärmel von ihrer Strickjacke sind ausgefranst. Niemand im Dorf sagt Frau Grieshammer zu ihr, alle nennen sie nur die alte Lene, die verrückte Lene.
»Sie hat den Verstand verloren, als sie ins Lager gekommen ist«, sagen die Leute. »Damals, als man sie weggebracht hat, weil sie in der Kommunistischen Partei gewesen ist. Ihr Bub, der Karlheinz, ist gerade vierzehn Tage alt gewesen. Die Milch ist ihr in den Kopf gestiegen. Sie ist nie wieder die alte geworden danach.«
Die Lene überquert die Fahrbahn und biegt in die Weinbergstraße ein. Ilse macht ein paar Schritte zur Seite, um zu sehen, wo die Lene hingeht. Obwohl es ein bißchen unheimlich aussieht, wie sie mit den Händen durch die Luft stößt, hat Ilse nicht wirklich Angst vor ihr. Jeder im Dorf weiß, daß sie harmlos ist, daß sie nie etwas tun würde. Sie läuft nur vor sich hinbrabbelnd überall herum, sonst nichts. Nur mit sich selbst redet sie. Und manchmal rennt ihr Sohn, der Grieshammer Karlheinz, der selbst schon große Kinder hat, durch das Dorf und sucht seine Mutter. Wenn er sie dann findet, legt er ganz sanft seinen Arm um ihre Schulter und führt sie heim. Vom Karlheinz läßt sie sich führen. Wenn er da ist, wird die Lene ganz ruhig.
Nein, Ilse hat keine Angst vor der alten Lene. Es ist anders als beim Fischer, der die Kinder erschreckt und ihnen nachrennt. Trotzdem weicht Ilse der Lene aus, hat sich daran gewöhnt, einen großen Bogen um sie zu machen.

Die Lene ist jetzt hinter den Häusern verschwunden. Ilse dreht sich um und geht langsam auf die Sandgasse zu. Um fünf Uhr, hat Frau Bayerlein gesagt.

Die Mutter hat das Mittagessen schon fertig. Nudelsuppe. Ilse deckt den Tisch. In Gedanken sagt sie dabei die Dreierreihe auf, die Viererreihe, die Fünferreihe. Mit den Sechsern klappt es schon nicht mehr so gut.

»Ihr geht heut in den Wald Holz holen«, sagt die Mutter, als alle um den Tisch sitzen und sie die Suppe in die Teller schöpft. Sie sieht schlecht aus, hat dunkle Ringe unter den Augen und ist gereizt und nervös.

»Ich muß um fünf zu Frau Bayerlein«, sagt Ilse vorsichtig. »Sie hat's gesagt.«

»Wieso denn? Was sollst du dort?«

Ilse schaut auf ihren Teller. Gelbe Fettaugen schwimmen auf der Suppe. »Sie hat gesagt, sie will mir was erklären im Rechnen, weil ich es nicht verstanden habe.«

Nur nichts vom Einmaleins sagen. Weil der Dieter sie dann auslacht. »Selbst der größte Depp lernt das«, sagt er immer. »Und wenn du das nicht kannst, zeigt es nur, wie blöd du wirklich bist.«

»Können wir nicht morgen gehen?« fragt Horst. »Ich wollte eigentlich zum Henner. Wir haben was vor.«

Jetzt fängt die Mutter an zu schreien. »Glaubst du denn, daß ich die teuren Kohlen kaufe, wenn ich junge kräftige Burschen im Haus habe, die Holz holen können? Aber ihr habt ja nur euer Vergnügen im Kopf, sonst nichts. Und ich kann sehen, wo ich bleibe.«

Ilse legt den Löffel aus der Hand und steht auf. Sie hat das schon so oft gehört. Auswendig kann sie das. Danach kommt der Vater dran. Er hat auch nur sein Vergnügen im

Kopf gehabt. Ilse hat plötzlich die Nase voll davon. Am liebsten würde sie zurückschreien: Halt den Mund! Halt endlich den Mund. Aber sie sagt nichts. Die Mutter sieht wirklich schlecht aus. Vielleicht ist sie krank, denkt Ilse. Vielleicht weiß sie nicht mehr, was sie sagt. Vielleicht muß sie sterben.
Sie sieht sich selbst schon blaß und dünn am Grab stehen und um die tote Mutter weinen. Wir müssen uns um die Ilse kümmern, wird die Oma zum Opa sagen. Wir nehmen sie zu uns, weil sie jetzt eine halbe Waise ist. Aber der Vater würde das nicht zulassen. Er würde sagen: Nichts da. Sie kommt zu mir. Ich habe viel Geld und bringe ihr jeden Abend Schokolade mit.
Ilse kann der Mutter fast nicht ins Gesicht schauen, weil sie so etwas denkt. Sie geht die Treppe hinunter, öffnet die Tür zum Holzschuppen und zieht den kleinen Leiterwagen heraus. Dann zerrt sie das Beil los, das mit der Schneide fest im Hackklotz steckt, und wickelt es in einen alten Sack. Es braucht nicht gleich jeder zu sehen, daß sie ein Beil mitnehmen in den Wald. Beil und Säge sind verboten, auch wenn man zehnmal eine Sammelberechtigung hat.
»Vergiß den Draht nicht«, schreit Dieter vom Küchenfenster herunter. Den Draht werden sie brauchen, um das Reisig zu verschnüren. Ilse packt die Drahtrolle zum Beil. Der Sack ist ekelhaft schmierig und voller Kohlenstaub.
Im Nachbarschuppen, nur durch eine Lattenwand von ihr getrennt, füttert der Bruno die Hasen. Vier Hasen haben die Schusters. Wenn Ilse zufällig die Frau Schuster im Schuppen trifft, darf sie manchmal die Hasen streicheln. Ganz weich sind sie. Im letzten Winter hat Ilse ein Hasenfell von der Oma bekommen. Zwei Felle sind es

eigentlich, mit Achselbändern verbunden trägt Ilse sie auf Brust und Rücken, wenn es kalt ist. Früher ist es Margas Fell gewesen, aber die hat es nicht mehr anziehen wollen. Weil man so dick aussieht damit, hat sie gesagt. Das ist Ilse egal. Wenn nur das Fell weich ist. Die Schusters schlachten immer einen Hasen zu Weihnachten und einen zu Ostern. Ilse hätte von dem Fleisch nichts essen mögen, von einem Hasen, den sie am Tag vorher noch gestreichelt hat, von dem sie weiß, welche Farbe sein Fell gehabt hat, den sie sogar mit seinem Namen genannt hat. Aber den Schusters ist das egal. Sie essen die Hasen einfach. Und die Frau Schuster erzählt sogar noch, wie gut es geschmeckt hat.
Ilse steht, an die Latten der Zwischenwand gelehnt, und schaut dem Bruno zu. So hat sie keine Angst vor ihm. Außerdem kommen Horst und Dieter gleich herunter. Der Bruno schiebt die Löwenzahnblätter einzeln durch den Maschendraht von der Käfigtür und lacht, wenn die Hasen mit ihren großen Nagezähnen die Blätter in den Stall hineinziehen. Otto heißt der größte von ihnen. Immer heißt einer Otto.
»Blöde Kuh«, sagt der Horst hinter ihr und stößt sie so fest in den Rücken, daß sie mit dem Gesicht auf eine ungehobelte Lattenkante schlägt und sich aufschürft. Vorsichtig tastet sie mit dem Zeigefinger darüber.
»Was stehst du da und gaffst?« fragt Horst. »Ich will nachher noch zum Henner. Los, mach schneller.« Zusammen ziehen sie den Leiterwagen durch den Sand auf die Straße. Dieter hat den Schuppen abgeschlossen und kommt ihnen nach.
»Wir gehen in den Tannenwald«, sagt Horst. »Ich habe keine Lust, durch das ganze Dorf ins Tal rauf zu wetzen.«

Dieter nickt. Ilse läuft nebenher. Sie mag den Tannenwald nicht so gern. Er ist langweilig. Im Tal ist es viel schöner. Aber vielleicht finden sie noch ein paar Brombeeren. Sie muß fast rennen, um mit den Brüdern schrittzuhalten. Der Wagen rattert laut über die gepflasterte Straße, und alle sind froh, als sie endlich in einen Waldweg abbiegen.
»Bleiben wir doch gleich hier am Anfang«, entscheidet Horst. »Ilse, du nimmst den Sack für die Tannenzapfen. Aber beeil dich. Wir holen Äste.« Er schwingt das Beil durch die Luft.
Ilse greift nach dem schmierigen Sack, hält ihn zwischen Daumen und Zeigefinger und zieht ihn hinter sich her. Immer wieder bückt sie sich, hebt Tannenzapfen auf, wirft sie in den Sack. Sie sind gut zum Feueranmachen. Sie knistern schön laut beim Brennen. Weiter hinten hört sie Beilschläge. Horst kümmert sich nicht darum, daß sie eigentlich nur bereits abgefallene Äste mitnehmen dürfen. Er hackt alles ab, was er brauchen kann. »Warum auch nicht«, sagt er immer. »Ich krieg doch nur welche ab, die schon trocken sind. Die würden auch so bald runterfallen. Und dann holt sie vielleicht ein anderer.« Ilse weiß, daß das stimmt. Aber sie mag nicht zuschauen. Der Horst will das auch nicht, weil sie immer wieder sagt: Sei vorsichtig. Paß auf. Mach das nicht.
Sie ist nämlich im letzten Jahr mit dem Opa im Wald gewesen, Holz holen. Der Opa hat eine Bohnenstange mit einem gekrümmten Eisenhaken an der Spitze. Den hängt er in morsche Äste ein und zieht sie herunter. Letztes Jahr, als Ilse dabei war, hat ihn ein Ast im Fallen am Kopf getroffen. Ilse hat gedacht, der Opa ist tot, als er einen Moment still und blutig am Boden gelegen hat. Sie hat laut

geschrien. Aber dann ist der Opa wieder zu sich gekommen und hat ihr eine runtergehauen, damit sie aufhört zu schreien. »Willst du denn das ganze Dorf herbeirufen?« Mit seinem karierten Taschentuch hat er sich das Blut abgewischt. Aber sie haben danach kein Holz mehr aufgeladen, mit einem fast leeren Wagen sind sie den Berg hinuntergefahren. Die Oma hat die Wunde mit Jod abgetupft und Arnikawatte draufgelegt. Seither hat der Opa eine helle Narbe auf der Glatze, ein paar Zentimeter über dem rechten Ohr. Und Ilse kann nicht mehr beim Holzreißen zuschauen.

Ihr Sack ist bald halbvoll. Ein bißchen weiter weg schreit Horst den Dieter an. Ilse kann nicht verstehen, was er sagt, aber sie kann sich denken, daß Horst schnell fertig werden will. Ilse beeilt sich nicht. Langsam umkreist sie eine Brombeerhecke, an der aber nur noch ein paar halbvertrocknete Beeren hängen. Wenn wir noch lang im Wald bleiben, brauche ich nicht zu Frau Bayerlein zu gehen, denkt sie. Dann kann ich morgen sagen, ich hätte Holz holen müssen, ich hätte keine Zeit gehabt.

Aber da ruft Horst schon nach ihr. Sie schleift den Sack hinter sich her zu dem vollgeladenen Wagen. Horst nimmt ihn ihr ab und hebt ihn oben drauf. »Viel hast du ja nicht«, sagt er. »Ein bißchen mehr anstrengen könntest du dich schon.«

»Immer mußt du meckern«, sagt Dieter und nimmt die Deichsel auf. Der Wagen ruckt an. Ilse schiebt von hinten, Horst von der Seite. Er paßt gleichzeitig auf, daß der Sack und die vier mit Draht zusammengebundenen Reisigbündel nicht herunterfallen.

Es ist erst kurz nach halb fünf, als sie nach Hause kommen.

»Du lädst ab«, sagt Horst zu Dieter. »Ich hab jetzt keine Zeit mehr.« Und schon ist er weg.
Ilse rennt schnell ins Haus. Dieter ruft ihr noch etwas nach, aber sie kehrt nicht um. Sie muß zu Frau Bayerlein. Die Mutter sitzt am Küchentisch, eine Hose vom Dieter in der Hand, und trennt den Saum am Hosenbein auf. »Er wächst und wächst«, sagt sie. »Bald paßt ihm gar nichts mehr.«
Ilse wäscht sich die Hände und das Gesicht und nimmt den Kamm.
»Kann die denn so einfach sagen, daß du kommen mußt?« fragt die Mutter mißtrauisch. »Und wenn ich dich jetzt nicht gehen lasse?«
Ilse zuckt mit den Schultern. »Sie hat gesagt, ich soll um fünf Uhr kommen.« Und weil die Mutter nicht antwortet, packt sie ihr Federmäppchen und ihr Rechenheft in eine Plastiktüte. Es braucht nicht gleich jeder zu sehen, daß sie zusätzlich lernen muß, weil sie so dumm ist.
Als sie am Konsum vorbeigeht, schlägt die Kirchturmuhr fünf. Sie rennt und steht kurz darauf atemlos vor dem Haus der Bayerleins. Der Vorgarten ist schon für den Winter hergerichtet, er sieht kahl und traurig aus.
Frau Bayerlein macht ihr die Tür auf. »Komm rein«, sagt sie. Sie hat ihr Kind auf dem Arm, den Peter. Ungefähr drei ist er. Sie führt Ilse in die Küche und sagt ihr, sie soll sich an den Tisch setzen. Dann stellt sie zwei Tassen Milch hin und teilt eine Packung Waffeln zwischen Ilse und Peter.
»Jetzt rechnen wir.«
Ilse gibt sich Mühe, aber die Zahlen verwirren ihren Kopf. Ganz steif und verkrampft sitzt sie da, weil sie plötzlich

merkt, daß sie pinkeln muß. Ich hätte vorher gehen sollen, denkt sie. Jetzt muß ich warten.
Zwei mal acht. Vier mal acht. Acht mal acht. Drei mal acht. Sechs mal acht. Neun mal acht.
»Warum trinkst du keine Milch?« fragt Frau Bayerlein. »Magst du keine?«
Ilse schüttelt den Kopf. Sie preßt die Beine so fest zusammen, daß die Muskeln an ihren Oberschenkeln anfangen zu zittern.
»Willst du lieber einen heißen Tee? Ist dir kalt?«
Ilse schüttelt noch einmal den Kopf.
Fünf mal acht. Zehn mal acht. Sieben mal acht.
»Ich muß jetzt nach Hause«, sagt Ilse. »Ich muß meiner Mama noch was helfen.«
»Das ist aber schade«, sagt Frau Bayerlein. »Du müßtest noch viel üben. Komm bald wieder.«
Ilse nickt und packt ihre Sachen wieder in die Tüte. Sie hat sie gar nicht gebraucht.
»Ich will dir doch nur helfen«, sagt Frau Bayerlein.
Ilse antwortet nicht mehr. Sie rennt aus dem Haus. Im Braunwarthgäßchen setzt sie sich hinter den Vorsprung zwischen der Mauer und Daumers Scheune und pinkelt. Die Pisse spritzt ihre Schuhe und Strümpfe voll, aber sie kann nicht vorsichtig sein, sie kann es nicht verkneifen, auch nicht, als sie Schritte von der Bachgasse herunter hört. Leer und erleichtert steht sie auf und nimmt wieder ihre Tüte.
»Aber Ilse«, sagt Frau Krämer. »Du kannst dich doch nicht mehr einfach irgendwo hinsetzen, wenn du mußt. Du bist doch viel zu groß dafür. Was wird denn deine Oma sagen, wenn ich ihr das erzähle.«

Ilse rennt an ihr vorbei, die paar Schritte hinauf zur Bachgasse. Die Bayerlein soll mich in Ruhe lassen, denkt sie. Ich will da nicht hin. Ich gehe nicht mehr hin. Ich will überhaupt nicht, daß sie sich um Sachen kümmert, die sie nichts angehen. »Deine Röcke sind oft ein wenig dreckig, Ilse«, hat sie neulich gesagt. »Kannst du nicht darauf achten, daß du sauber in die Schule kommst?« Oder: »Wann hast du dir das letztemal die Haare gewaschen, Ilse?« Sie ist freundlich gewesen, als sie das gesagt hat, nach der Schule, niemand hat es gehört. Aber Ilse hat sich geärgert.
»Das geht Sie einen Dreck an, Frau Bayerlein«, sagt sie laut über die Bachgasse. »Einen Dreck geht Sie das an, wann ich mir das letztemal die Haare gewaschen habe. Kümmern Sie sich doch um Ihren eigenen Kram, Frau Bayerlein. Und außerdem hat Ihr Peter ein Loch im Strumpf gehabt, ich hab's genau gesehen.«
Als Helmut Ilse später fragt, warum sie so böse aussieht, wird sie wütend. Sie steht so schnell auf, daß ihr Stuhl krachend umfällt. »Du brauchst auch nicht alles zu wissen«, schreit sie und stürzt die Treppe hoch in die Küche.
»Na?« fragt die Mutter. »Kannst du jetzt wenigstens alles?«
Ilse nickt.
Ihre Mutter packt das Flickzeug zusammen. »Geh morgen gleich nach der Schule zur Oma«, sagt sie. »Sie soll mir zwanzig Mark leihen. Wir haben keinen Pfennig mehr im Haus.«

14.

Ilse hat sich mit ihrer Puppe in den Holzschuppen zurückgezogen. Mit einem Handtuch hat sie hinten, zwischen dem Kohlenverschlag und der Rückwand, an der das Brennholz aufgestapelt ist, eine Ecke abgeteilt, die sie mit einem Reisigbesen sauberkehrt. Sie sucht aus dem dünn gespaltenen Anmachholz besonders flache Scheite heraus und baut damit ein Bett für ihre Puppe. Als Tisch dient ihr ein umgedrehter Schuhkarton.
»Du mußt jetzt schön schlafen«, sagt Ilse und deckt die Puppe ordentlich mit einem blau-weiß karierten Küchenhandtuch zu. »Ich muß nämlich jetzt kochen, weil dein Papa heute abend kommt. Da wird er Hunger haben.« Sie nimmt eine leere Blechbüchse, füllt Sand hinein und rührt mit einem alten, verbogenen Löffel darin herum. Dabei singt sie ein Lied, das sie von der Oma gelernt hat.

»Horch nur, was klopft drauß ans Scheuertor,
Scheuertor,
Scheuertor?
Hol es mir mal rein.
Das ist mein kleines Mädchen,
es will geschaukelt sein.«

In der Dämmerung, beim Feuerschein aus der offenen Herdklappe, hat die Oma das früher manchmal gesungen und dabei die Ilse auf ihren Knien gewiegt. Und Ilse hat

sich an die warme, dicke Oma gedrückt und fast geweint, so schön ist das gewesen.
Jetzt ist sie zu groß für so was.
Ilse hat die Blechbüchse sinken lassen. Die Mutter schiebt sie auch immer weg, wenn sie sich mal auf ihren Schoß setzen will. »Hör auf, Ilse. Du bist doch kein kleines Kind mehr.«
Ilse friert. Es ist kalt heute. Sie zieht die Ärmel ihrer blauen Strickjacke länger. Sie sind ihr zu kurz geworden über den Sommer. Dann schüttelt sie sich, hebt die Blechbüchse wieder hoch und rührt heftig. »Warte«, sagt sie zu der Puppe. »Warte, wenn dein Papa kommt, der bringt dir etwas mit. Er nimmt dich auf den Schoß und spielt mit dir. Und dann essen wir eine gute, heiße Suppe, dann wird dir wieder warm.«
Draußen pfeift jemand ein Lied. Das ist Horst, nur der kann so laut pfeifen. Ilse duckt sich zu der Puppe hinter den Verschlag, macht sich ganz klein, weil sie nicht gesehen werden will.
»Die Schuppentür ist offen«, sagt Horst.
Einen Moment lang hat Ilse Angst, daß er die Tür zumachen könnte, den Riegel vorschieben und abschließen. Dann würde sie laut rufen müssen, um wieder hinauszukommen, und die anderen würden lachen und sagen: Natürlich, die blöde Ilse. So was kann auch nur der passieren.
Die Schritte kommen näher. Die Schuppentür wird ganz aufgemacht, und dann stehen sie vor ihr, der Horst und der Henner, und schauen auf sie herunter. Sie zieht ihre langen Arme und Beine noch fester an sich, beugt den Rücken noch tiefer unter dem verächtlichen Lachen der beiden Buben.

»Was, du spielst noch mit Puppen?« fragt Henner. Er ist noch größer als Horst, fast so groß wie ein Mann ist er. Ilse bekommt kein Wort heraus.
»Laß sie, die Ilse ist doch blöd«, sagt Horst und zieht Henner am Ärmel seiner schwarzen, abgewetzten Lederjacke. »Komm, gehen wir.«
Aber Henner macht sich mit einer Drehung seines Oberkörpers frei und streckt die Hand aus: »Gib mir die Puppe.«
Ilse greift neben sich, nimmt die Puppe aus dem Bett mit der karierten Decke und hält sie ihm hin. Klein und armselig sieht sie aus in Henners großen Händen. Er zieht an einem Arm. Das Gummiband, das beide Arme durch den hohlen Puppenkörper hindurch verbindet, kommt aus dem Ärmel der Bluse hervor. Henner spannt es noch fester an und läßt dann los. Mit einem dumpfen Ton schnappt der Arm wieder ein und quetscht die Bluse in die Armkugel.
Ilse ist zusammengezuckt, aber sie sagt nichts. Ganz still kauert sie und preßt die Fäuste an die Brust. »Laß sie doch«, sagt Horst wieder. »Gehen wir.«
Aber Henner achtet nicht auf ihn. Breitbeinig steht er vor Ilse, hält die Puppe an einem Arm, beugt sich nach unten. »Glaubst du noch an den Klapperstorch?« fragt er.
Ilse wagt nicht, sich zu rühren. Henner ist jetzt mit seinem Kopf so dicht bei ihr, daß sie seinen warmen Atem spürt. Wie eine Fratze ist sein Gesicht, ganz angespannt, die Lippen über den Zähnen hochgezogen. »Soll ich dir zeigen, wie es wirklich ist, das mit dem Klapperstorch?«
»Henner, komm endlich«, sagt Horst. »Die Ilse kapiert das nicht. Die ist doch blöd.«

Henner hört nicht hin. Er starrt Ilse ins Gesicht, schiebt seine Zungenspitze zwischen die Zähne. Ilse kann vor Angst kaum atmen. Henner fährt sich mit der Zunge über die Lippen. Dann richtet er sich plötzlich auf. »Hast recht. In zwei Jahren, da zeigen wir's ihr.« Er läßt die Puppe an einem Arm kreisen. »Die ist wirklich noch blöd. Die glaubt am Ende noch, daß das Ding da ihr Kind ist, was?«
Horst lacht, tippt sich mit dem rechten Zeigefinger an die Schläfe. »Die schon.«
»So ein altes Dreckding«, sagt Henner und legt die Puppe neben sich auf den Hackklotz. Der Puppenkopf ist ganz nah vor Ilses Gesicht. Sie bräuchte nur die Hand auszustrecken und die Puppe zu nehmen. Nur das. Aber sie traut sich nicht.
Henner lacht, zieht mit einem Ruck das Beil aus dem Holz, umklammert den Stiel mit beiden Händen und schwingt es über seinem Kopf. Die Schneide schimmert hell. Ilse legt ihr Gesicht auf die Knie, verschränkt die Hände über dem Kopf und drückt die Unterarme fest gegen ihre Ohren. Der Schlag, mit dem das Beil den Hackklotz trifft, zittert in ihrem Körper nach. »Genau getroffen«, sagt Horst. »Macht nichts, dieses alte Dreckding. War sowieso nichts mehr wert.« Seine Stimme klingt hoch und zittert ein bißchen.
»War doch nur eine Puppe«, sagt Henner viel zu laut. »Du bist sowieso schon zu groß für Puppen. Wart nur, bis du älter bist.« Er lacht. »Komm, Horst, hier ist es langweilig. Wenn sie zwei Jahre älter wäre ... Aber so. Komm, wir hauen ab.«
Die Schuppentür wird zugeschlagen. Scheppernd fällt der Riegel gegen den Metallbeschlag.

Ilse wartet lange. Dann läßt sie die Arme sinken. Sie betrachtet zuerst ihre warzige linke Hand, dann hebt sie ihre Augen zum Hackklotz. Der Puppenkopf ist bis zum Hals hinunter gespalten, die eine Hälfte ist auf den Boden gefallen. Ilse hebt die leere Zelluloidhülle hoch und betrachtet sie, als erwarte sie, zerhackte Knochen, Blut und Gehirn zu sehen. Sie weint nicht. Immer noch spürt sie nur die Angst, die jedes andere Gefühl in ihr abschnürt.
Lange sitzt sie so da. Dann nimmt sie die Puppe, verbirgt sie unter der blauen Strickjacke und verläßt den Schuppen.
»Ilse Bilse, niemand willse«, schreit ihr der Krämer Klaus nach, als sie durch die Sandgasse geht. Aber Ilse fängt nicht an zu rennen. Heute trifft es sie nicht.

»Kam der Koch,
nahm sie doch,
steckt sie in das Ofenloch.«

Die Blumen an der Friedhofsmauer sind längst verblüht, verdorrte Halme ragen aus dem bräunlich gewordenen Gras. Ilse geht zu den vergessenen Kindern. Auf Ritas Grab ist Unkraut nachgewachsen, Unkraut, das jetzt verwelkt ist. Mit den Händen wühlt Ilse die herbstharte Erde auf, hebt eine kleine Grube aus, legt, nachdem sie sorgfältig die abgehackte Kopfhälfte an die andere gefügt hat, die Puppe hinein und scharrt wieder Erde darüber. Dann tritt sie sie mit den Füßen fest.
Auf dem Heimweg hält sie den Kopf gesenkt. Sie will nicht, daß jemand ihr Gesicht sieht. Sie betrachtet beim Gehen die schiefergrauen Pflastersteine, die Erdritzen

dazwischen, sieht, wie sich manchmal Grashalme und Unkraut zwischen den Steinen einen Weg gebahnt haben. Sie schaut so lang auf den Boden, bis ihr schwindelig wird von den Steinbändern unter ihren Augen und bis die dunklen Ritzen anfangen, sich zu Kreisen zu biegen. Am Grieshammer Haus lehnt sie sich an die Mauer. Sie ist müde und traurig.
Da geht neben ihr die Hoftür auf, und die alte Lene kommt heraus. Es ist das erste Mal, daß Ilse ihr so dicht gegenübersteht. Ganz weiße Haare hat die Lene, weißer als ein Bettuch, weißer als Schnee, und trotzdem fast keine Falten im Gesicht. Nur ihr Mund ist eingefallen. Sie streckt die Hände aus und tastet mit ihren harten Schrumpelfingern über Ilses Gesicht. Ilse hält still. Sie hat keine Angst mehr, sie wird ganz ruhig unter der kratzigen Berührung. Als die alte Lene anfängt zu brabbeln, läuft ihr ein feiner Faden Spucke aus dem fast zahnlosen Mund und rinnt seitlich über ihr Kinn. Ilse lächelt die Lene an. Sie friert nicht mehr. Es tut ihr fast leid, als die Lene ihre Hände aus ihrem Gesicht nimmt.
Ilse wendet sich der Sandgasse zu. Jetzt kann sie wieder aufrecht gehen, den Kopf wieder hochhalten. Ein ganzes Stück schlurft die alte Lene neben ihr her. Dann biegt Ilse in die Sandgasse ein. Sie dreht sich noch einmal um. Die alte Lene ist stehengeblieben. Ilse hebt die Hand, winkt ihr zu. Langsam grüßt die Frau zurück.
Ilse macht heute nur einen sehr kurzen Besuch bei Helmut. Sie hätte ihm gern erzählt, was passiert ist, aber sie findet keine Worte für ihre Angst. Sie findet auch keine Worte für Helmut. Nur weil er nicht mehr laufen kann, denkt sie, ist er so anders als die anderen. Aber er könnte

wie Henner und Horst sein, wenn ihm das nicht passiert wäre. Sie nimmt ihre Hand aus seiner. »Ich muß rauf, der Mama helfen.«
Als Horst gegen abend heimkommt, sitzt Ilse am Küchentisch und schält Kartoffeln. Die Mutter steht am Herd. Horst hebt hinter ihrem Rücken die Faust gegen Ilse. Sie senkt die Augen. Sie hat verstanden. Natürlich wird sie nichts sagen.
Horst setzt sich an den Tisch und stützt die Arme auf. »Was gibt's denn heute zum Essen?«
Die Mutter dreht sich um. »Suppe«, antwortet sie. »Und Röstkartoffeln mit Blutwurst.« Ihr Gesicht ist abgespannt und böse. »Aber zuerst gehst du runter und sägst die zwei Äste, die noch da liegen.«
»Morgen«, sagt Horst. »Ich habe heute keine Lust.«
»Jetzt, habe ich gesagt.«
»Nein, morgen.«
Blitzschnell holt die Mutter aus und trifft ihn, obwohl er auszuweichen versucht, am Ohr. »Du gehst jetzt. Ich habe fast nichts mehr zum Feuermachen. Und kein Geld für Kohlen.« Sie reißt den Deckel von der Holzkiste hoch. »Da, schau, beinahe leer. Und was unten im Schuppen ist, reicht höchstens noch für drei, vier Tage.« Sie knallt den Deckel wieder zurück. Ilse zuckt zusammen und zieht die Schultern hoch. Horst hält sich das Ohr und sieht die Mutter böse an. »Das machst du nicht mehr lange mit mir!«
Ihr Gesicht ist fleckig und aufgekratzt. »Willst du noch eine? Solange du hier in meiner Küche sitzt und die Beine unter den Tisch streckst, machst du, was ich dir sage, verstanden? Und jetzt geh runter.«
Horst geht hinaus, aber er schmeißt die Tür laut hinter sich

zu. Die Mutter macht die Herdklappe auf und legt ein paar Holzscheite nach. »Nächste Woche fange ich in der Stadt in der Radiofabrik an«, sagt sie zu Ilse. »Du wirst dann mehr für den Haushalt machen müssen.«

Ilse betrachtet sie. Das Feuer beleuchtet ihr Profil. Schwerfällig steht sie auf, nimmt ein paar geschälte Kartoffeln von dem Teller und schneidet sie in die Suppe. »Manchmal werdet ihr auch bei der Oma essen können«, sagt sie. »Aber immer geht das nicht, das wird die Oma nicht machen.«

Ilse schaut auf den Rücken der Mutter, die sich über den Topf beugt. »Warum?« fragt Ilse. »Warum gehst du in die Fabrik?«

»Das fragst du auch noch?« Die Mutter wird laut. »Weil dein Hurenbock von Vater nicht genug bezahlt«, schreit sie. »Deshalb.« Dann fängt sie an zu weinen. Ihre Schultern zucken. Ilse erschrickt bei den jämmerlichen Tönen. »Mama«, sagt sie hilflos. »Mama.«

Die Mutter wischt sich mit dem Handrücken über die Augen. »Ist doch wahr«, sagt sie. »Die Männer machen, was sie wollen, dann gehen sie weg, und wir bleiben im Dreck sitzen. Laß dich ja nie mit Männern ein.«

Ilse senkt den Kopf, weil sie die kleinen, roten Augen ihrer Mutter nicht sehen will, und greift nach der letzten Kartoffel. »Schäl nicht so dick«, sagt die Mutter. »Oder glaubst du, wir hätten einen Geldscheißer?«

Später liegt Ilse in ihrem Bett und drückt ihr heißes Gesicht in das Kopfkissen. Es ist doch nicht nur das Geld, denkt sie. Andere Familien haben auch nicht viel mehr. Es ist doch nicht nur das Geld.

Dann fängt sie an zu weinen.

15.

Ilse hat heute schon alles gemacht, was ihr die Mutter aufgetragen hatte. Sie hat, schon während sie das Essen aufwärmte, die Küche aufgeräumt und die Betten gemacht. Nach dem Mittagessen hat sie eingekauft, was auf dem Zettel gestanden hat. Jetzt schaut sie auf die Uhr. Vier ist es, noch zwei Stunden, bis die Mutter heimkommt. Bis dahin hat sie frei.

Es ist nicht schön, wenn die Kinder mittags allein sind. Horst und Dieter ärgern Ilse und verschwinden gleich nach dem Essen, ohne ihr zu helfen. Ilse kann sich noch nicht mal abends bei der Mutter darüber beschweren, denn die beiden würden es ihr heimzahlen. »Doppelt und dreifach«, hat der Horst gesagt. »Merk dir das.«

Es war besser, als Mama nicht arbeiten gegangen ist, denkt Ilse. Viel besser. Aber so wie jetzt wird es immer sein. Sie schaut noch mal auf die Uhr. In anderthalb Stunden wird es erst dunkel. Sie überlegt, was sie machen könnte. Sie hat keine Lust, jetzt bei Helmut zu sitzen, sie will noch ein bißchen rausgehen. Vielleicht zur Müllhalde. Sie zieht den blauen Mantel an, der früher dem Dieter gehört hat. Er ist ihr noch zu weit und zu lang, die Ärmel hängen ihr bis fast an die Fingerspitzen. Sie stülpt sie einmal um. So ist es besser. Jedenfalls besser als der Anorak, der ihr über Brust und Rücken spannt und bei dem ihr die Ärmel an den Handgelenken hochrutschen, wenn sie sich bewegt.

Dauernd muß sie daran denken, daß die Ulrike Keller jetzt

oft mit der Margit zusammen ist. Heute in der Pause hat sich die Ulrike gar nicht mehr nach ihr umgeschaut, und Ilse hat allein in der Ecke am Zaun gestanden und nicht gewußt, was sie machen soll. So wie früher. Aber nachher, als sie an ihrem Platz gesessen haben, hat die Ulrike mit ihr geredet und so getan, als wäre alles in Ordnung. Aber für Ilse ist es nicht in Ordnung. Ilse möchte mit der Ulrike auf dem Pausenhof rumlaufen oder auf dem Mäuerchen sitzen. Am liebsten allein mit der Ulrike.

Am Bachrand beobachtet Ilse einen komischen kleinen Vogel, der auf langen, dünnen Beinen herumstelzt. Sie schaut ihm solange zu, bis er zwischen den Sträuchern verschwunden ist. Dann kommt sie an den Müllplatz. SCHUTT ABLADEN VERBOTEN. ZUWIDERHANDLUNGEN WERDEN MIT GELDBUSSEN BIS ZU DM 10000,– GEAHNDET. So steht es auf dem großen weißen Schild, das an einer Kiefer festgemacht ist. Ilse kennt das Wort ›geahndet‹ nicht, aber sie denkt sich, daß man wohl Strafe bezahlen muß. Zehntausend Mark ist viel Geld, so viel, daß sie sich das gar nicht vorstellen kann. Trotzdem bringen die Leute immer wieder ihre alten Sachen an diese Stelle hinter dem Sandberg. Ilse hat hier mal eine verbogene Silbergabel gefunden, eine richtige Silbergabel mit eingehämmerten Blümchen am Griff. Der Horst hat sie wieder zurechtgebogen, und seither ißt Ilse mit ihrer eigenen Gabel.

Ein kalter Wind kommt auf. Ilse fröstelt. Sie wird heute nicht lange hierbleiben, nicht bei diesem Wetter. Sie steigt über Pappkartons und aufgeplatzte Plastiktüten. Mit klammen Fingern dreht sie einen Karton nach dem anderen um und schüttet Tüten aus. Eine Dominoschach-

tel fällt ihr vor die Füße, aber als sie nachschaut, sind nur noch fünf Steine darin. Enttäuscht läßt sie sie auf die Erde fallen und wirft die Schachtel in hohem Bogen in die Brombeerhecken. Da ist ein Karton mit Mickymausheften. Aber dann stellt sich heraus, daß untendrunter lauter alte Zeitungen sind. Nur ganz oben liegen ein paar lose Blätter aus einem alten Heftchen. Ilse gibt dem Karton einen Tritt. Nichts findet sie heute, gar nichts. Ein richtiger Pechtag ist das. Erst das mit der Ulrike, dann hat sie im Rechnen einen Fünfer gehabt und Frau Bayerlein hat sie gefragt, ob sie nicht doch mal wieder zum Üben kommt. Nachher, beim Mittagessen, hat der Horst ihr eine runtergehauen, und jetzt ist sie ganz umsonst den weiten Weg hierhergegangen.
Da hört sie ein leises Quäken. Sehr leise. Zuerst denkt sie, sie hätte sich verhört, es wäre vielleicht ein Vogel gewesen, irgendwo in den Kiefern. Oder nur das Rascheln von Blättern. Aber dann hört sie es wieder. Es klingt fast wie Babygeschrei, nur viel leiser. Aufgeregt sucht sie, richtet sich auf, lauscht, sucht weiter. Dann hat sie es gefunden. Es kommt offensichtlich aus einer Tengelmann-Plastiktüte. Und die Tüte liegt in einem Karton mit alten Lumpen. Zweimal hat Ilse schon die Hand ausgestreckt und sie wieder zurückgezogen, bis sie sich endlich traut, die Tüte zu nehmen und aufzuklappen.
Jetzt sieht sie, was da quäkt. Es ist ein Kätzchen. Eigentlich sind es zwei, aber eines ist schlaff und leblos, als Ilse es herausnimmt. Das andere hebt ein Köpfchen mit noch fast blinden Augen. Ilse hält es in ihren steif gewordenen Händen und haucht es an. Es maunzt, krümmt sich

zitternd und stupst die schwarz-rosa gefleckte Nase zwischen ihre Finger.
Aufgeregt läuft Ilse nach Hause. Sie rennt den ganzen Weg ohne anzuhalten. Sie keucht und kann fast nicht weiter, aber sie hat Angst, das Kätzchen könnte ihr unter den Händen sterben, wenn es nicht bald ins Warme käme.
Der Schweiß rinnt ihr vom Gesicht, und ihr Brustkorb tut weh, als sie endlich vor der Küchentür steht. Abgeschlossen, Gott sei Dank. Zum erstenmal ist sie froh, daß keiner zu Hause ist. Sie legt das Tier vorsichtig auf die Fußmatte und schließt die Tür auf. Das Kätzchen bewegt sich noch. Sie zieht ihren Pullover aus und legt ihn auf die Holzkiste neben dem Herd, da ist es am wärmsten. Mit den Ärmeln formt sie ein Nest und legt das zitternde kleine Ding hinein.
»Du, warte, ich mach dir Milch warm«, sagt sie und holt einen kleinen Topf aus dem Kühlschrank. Keine Vollmilch. Irgendwo hat sie gehört, daß reine Kuhmilch zu fett ist, also gießt sie Wasser dazu. Dann stellt sie einen Untersetzer mit Milch auf den Pullover neben den Kopf des Kätzchens. Als es keine Anstalten macht zu trinken, stößt sie ihren Zeigefinger in die warme Milch und hält ihn dem Tier vor das Maul. Es leckt. Wieder und wieder macht sie das, dann hebt sie es hoch und stupst seine Nase in die Milch. Als sie sieht, daß es trinkt, lehnt sie sich aufatmend an die Holzkiste. Sie weint fast vor Erleichterung. Als das Kätzchen satt ist, rollt es sich auf dem Pullover zusammen und schläft. Ilse sitzt bei ihm und betrachtet es, fährt ab und zu zärtlich mit einem Finger über das weiche Fell und ist froh.

So findet sie auch die Mutter »Was ist denn hier los?« sagt sie, als sie Ilse im Unterhemd vor der Holzkiste sitzen sieht.
Ilse legt den Zeigefinger an die Lippen. »Pst! Es schläft.«
»Novemberkatzen«, sagt die Mutter. »Keiner will Novemberkatzen, die taugen nichts.«
»Mama, bitte«, sagt Ilse. »Bitte, bitte.«
»Nein.« Das Gesicht der Mutter, mager, schuppig, müde, wird noch härter. »Es geht nicht. Die Schusters würden ja nichts sagen, aber die Kniesers. Du weißt doch, wie die Kniesers sind.«
Ilse weiß es. Die Katze von den Schusters, das ist schon ein paar Jahre her. Aber im letzten Sommer hat Horst einen Hund heimgebracht. Die Kniesers von obendrüber haben so lange Krach gemacht und sich bei der Gemeinde beschwert, bis Horst den Hund wegbringen mußte. Ilse hat sich damals nicht getraut zu fragen, was er mit ihm gemacht hat. Danach kam noch ein Brief. Im Gemeindehaus dürften keine Haustiere gehalten werden.
»Bitte, Mama. Es ist doch noch so klein. Die Knieser merkt es gar nicht.«
»Ein paar Tage«, sagt die Mutter. »Ein paar Tage. Dann muß es weg.«
Ilse nickt, streichelt das Kätzchen. »Schau mal, fast schwarz ist es. Findest du, daß Mohrle ein schöner Name ist?«
Die Mutter läßt sich auf einen Stuhl sinken. »Ja«, antwortet sie, »es ist ein schöner Name. Aber ich bin sehr müde. Hast du Nudeln und Hackfleisch gekauft?«
»Ja. Und Zwiebeln.«
Ilse holt einen alten Schuhkarton vom Kleiderschrank im

Schlafzimmer der Mutter und füttert ihn für Mohrle mit Lappen aus.
Dieter kommt nach Hause. »Was ist denn das?« Er nimmt das schlafende Mohrle hoch und betrachtet den kleinen rosa Bauch, der noch fast nackt ist. »Eine Katze«, sagt er. »Ein Weibchen.«
»Auch das noch«, seufzt die Mutter. »Die wird bestimmt keiner wollen. Kommt zweimal im Jahr mit Jungen an.« Und sie sagt noch einmal: »Nur ein paar Tage.«
»Wo hast du sie her?« fragt Dieter.
»Am Müllplatz gefunden. In einer Plastiktüte.«
Dieter legt Ilse das Kätzchen in die ausgestreckte Hand zurück. »Typisch. Für uns ist immer nur gut, was die anderen weggeschmissen haben. Und noch nicht einmal das dürfen wir behalten.«
»Du weißt doch, die Kniesers«, sagt die Mutter und schaut ihn nicht an.
»Ja, ich weiß. Und nur, weil wir im Gemeindehaus wohnen. Weil wir nichts haben. Weil wir keine hohe Miete bezahlen können. Keine Angst, Mama, ich hab das schon kapiert. Aber ich werde später ein eigenes Haus haben, darauf kannst du dich verlassen.«
Er dreht sich um und geht raus, die Treppe hinunter. Er braucht lange, bis er wieder zurückkommt, länger, als man normalerweise auf einem kalten und stinkenden Klo sitzt.
Horst wirft nur einen Blick auf die Katze, dann sagt er: »Am besten bringst du sie gleich um. Wer will schon Novemberkatzen? Gibt sowieso viel zu viele Katzen im Dorf.«
Ilse hat Mohrle vor dem Schlafengehen noch einmal

gefüttert. Dann liegt sie im Bett und grübelt. Im Schuppen, denkt sie. Im Schuppen könnte ich sie eine Weile verstecken, wenn ich sie warm zudecke. Es muß nur warm genug sein. Aber dann fällt ihr Henner ein. Henner und die Puppe. Er kommt oft in die Sandgasse. Als sie sich Mohrles Kopf unter dem Beil vorstellt, fängt sie an zu weinen. So fest sie kann, beißt sie sich in den Handballen. Das hilft.

Mohrle. Sie schleicht leise in die Küche. Ohne Licht anzumachen tastet sie nach dem Herd und dem Karton darunter. Warm und weich und lebendig ist die kleine Katze. Sie quäkt und schiebt ihr Köpfchen fester in die Kuhle, die Ilse mit der Hand formt.

Ilse bleibt lange in der dunklen Küche auf dem Boden vor dem Herd sitzen.

16.

Ilse liebt Mohrle. Das ist eine ganz neue Erfahrung für sie. Es ist, als hätte sich alles um sie herum geändert. Als wäre über allen Menschen und Dingen etwas Weiches und Warmes, so etwas wie ein unsichtbares Katzenfell. Sie betrachtet Gesichter und entdeckt, daß sie sie noch nie so gesehen hat. Horst zum Beispiel: Er schiebt morgens vor der Schule noch zwei Briketts in den Herd, damit das Feuer nicht ausgeht. Dann streichelt er Mohrle und sieht sehr freundlich aus, sehr lieb. Als er merkt, daß Ilse ihn beobachtet hat, steht er abrupt auf und wischt sich die Handflächen an der Hose ab. »Katzen brauchen es warm«, sagt er und macht wieder sein ganz normales Horst-Gesicht. »Du blöde Kuh hättest natürlich nicht daran gedacht.« Dann schnappt er seinen Ranzen und rennt davon. Ilse schaut ihm erstaunt nach und macht sich auch auf den Weg. Heute freut sie sich fast auf die Schule, weil sie Ulrike vom Mohrle erzählen kann.

Ilse erzählt.

Ilse lacht.

Ilse ist aufgeregt.

Nach dem Mittagessen geht sie zu Helmut und legt ihm Mohrle auf die Bettdecke. »Da, schau mal.«

Er streichelt sie, hält sie so lange in seinen knochigen Händen, bis sie sich einrollt. Sie zuckt im Schlaf und bewegt ihre Pfote.

»Sie träumt«, sagt Ilse. »Schau nur, sie träumt.«

»Und was ist mit den Kniesers?« fragt Helmut. »Du kannst die Katze doch nicht immer verstecken.«
Ilse will nicht daran denken. »Weiß ich noch nicht. Vielleicht bring ich sie zu meiner Oma.« Ganz versunken sitzt sie da und bewacht Mohrles Schlaf.
»Ich hätte auch gern eine Katze«, sagt Helmut. »Aber das geht ja nicht. Nie kann ich ein Tier haben.«
»Vielleicht zieht ihr mal um, und du darfst dort eine Katze haben.« Ilse glaubt das zwar selbst nicht, aber was könnte sie sonst sagen, um Helmut zu trösten?
Er wendet sein Gesicht wieder zum Fenster. Das macht er immer öfter in der letzten Zeit. »Aus dem Gemeindehaus komm ich nicht mehr raus. Höchstens mit den Füßen zuerst.«
Ilse läuft vor seinem Kummer weg. Vorsichtig trägt sie Mohrle wieder hinauf in die Küche, in den Schuhkarton unter dem Herd. Sie spült das Geschirr, trocknet es ab, räumt auf, und immer wieder schaut sie zu Mohrle. »Nur ein paar Tage, nicht länger«, hat die Mutter gesagt. Ilse schiebt den Gedanken daran weit weg. Jetzt ist jetzt. Und jetzt ist sie glücklich.
Am Nachmittag des zweiten Tages geht sie, nachdem sie Mohrle versorgt hat, in die Bergbachstraße. Sie will die Oma fragen, ob sie vielleicht ihre Katze nimmt. Die Oma wohnt doch in einem eigenen Haus, der Oma kann niemand Vorschriften machen.
»Ach du bist's«, sagt die Oma, als Ilse zur Tür hereinkommt. Sie hat das Bügelbrett in der Küche aufgestellt und spritzt ein Hemd vom Opa ein. »Gehst du schnell für mich zum Doktor? Ich brauche ein neues Rezept für meine Gallentabletten.«

Mindestens eine Viertelstunde ist es bis zum Doktor, und wieder eine Viertelstunde zurück. Und noch warten. So viel Zeit hat Ilse eigentlich nicht. »Kann nicht die Marga gehen?«
»Die ist bei der Geibel Maria, auf den Kleinen aufpassen.«
Die Oma stellt das Bügeleisen heftig auf den Metallrost. »Außerdem kannst du deiner Mutter sagen, daß sie mal mit der Marga reden muß. Um halb zwölf ist sie gestern heimgekommen. So spät war sie noch nie. Wenn die anfängt, sich rumzutreiben, kann sie was erleben.«
Ilse wird ganz klein. »Ich werd's der Mama sagen.«
»Tu das. Der Opa haut sie grün und blau, wenn sie noch einmal so spät kommt. Noch nicht mal fünfzehn und fängt schon mit den Buben an.«
»Oma«, fragt Ilse vorsichtig. »Warum hast du keine Katze?«
»Um Gottes willen, nur keine Viecher im Haus«, sagt die Oma. »Die machen doch nur Dreck und Arbeit.«
»Aber Katzen sind doch so süß.«
»Nein, nein. Das ist nichts für mich. Gehst du jetzt zum Doktor?«
Ilse nickt. Sie traut sich nicht, weiter zu fragen, und sie traut sich nicht, nein zu sagen.
Sie nimmt den Zettel, den die Oma ihr gibt, und rennt los. Schnell, nur schnell, damit sie wieder heimkommt zu Mohrle. Sie nimmt die Abkürzung über den Friedhof. Oben am Haupteingang hinein und unten an der Mauer wieder hinaus. Im Notfall könnte sie auch noch die Kirchhofsbäuerin fragen. Die hat sicher schon eine Katze, aber auf einem Bauernhof können auch mehrere Katzen sein, das macht nichts. Ich werde sie besuchen, denkt Ilse.

Wer weiß, ob ich sie nicht für Mohrle brauche. Aber als sie an dem großen Hoftor vorbeikommt, geht sie doch nicht hinein. Morgen langt auch noch. Oder übermorgen. Jetzt nicht.
Als Ilse zurückkommt, ist es schon spät. Die Marga sitzt in der Küche und strickt. Sie hat rote, verschwollene Augen. Jetzt kann Ilse erst recht nicht mehr von der Katze anfangen. Die Oma drückt ihr eine Mark in die Hand. »Da, kauf dir was«, sagt sie. »Bist ein braves Mädchen.«
Auf dem Heimweg über die Bachgasse muß Ilse sich Mühe geben, um nicht laut zu weinen.
Die Mutter ist schon da. »Deine Katze hat reingeschissen«, sagt sie. »Es stinkt. Wann bringst du sie endlich weg?«
»Du hast doch gesagt, ein paar Tage.«
»Na gut, von mir aus. Ein paar Tage. Hol jetzt einen Eimer Kohlen rauf.«
Ilse nimmt den Eimer.
Beim Abendessen fällt ihr wieder ein, was die Oma gesagt hat. »Du sollst mal mit der Marga reden. Sie ist gestern erst um halb zwölf heimgekommen.«
»Und warum soll ich da mit ihr reden? Sie erziehen sie doch, nicht ich.«
»So hat die Oma gesagt.«
Der Horst verzieht das Gesicht. »Die Marga geht mit dem Peter Roßmann.«
Die Mutter legt erstaunt die Gabel hin. »Wieso denn mit dem?«
»Wieso denn nicht?«
»Der hat doch nichts«, sagt die Mutter. »Seine Eltern haben nichts. Wie kommt die Marga denn auf so einen?«

Dieter hat ganz dünne Lippen und kleine Augen. »Ich versteh nicht, warum du dich aufregst. Wir haben doch auch nichts.«
»Wir«, antwortet die Mutter, »wir haben Pech gehabt. Aber die Marga kriegt doch mal das Haus. Ist das nichts? Außerdem waren die Schragendorfers auch mal was Besseres.«
Das Gesicht von Dieter wird jetzt richtig verkniffen. »Früher, als der Uropa noch den Steinmetzbetrieb hatte. Aber den hat der Opa ja schon versoffen.«
Die Mutter stützt den Kopf auf. »Wir haben halt Pech«, wiederholt sie. »Ich weiß auch nicht, warum es bei uns nicht klappt. Wenn euer Vater dageblieben wäre, hätten wir vielleicht auch ein Haus. Er ist ein tüchtiger Maurer, euer Vater, da kann man nichts sagen. Aber als er dieser Frau in die Hände gefallen ist, war alles aus.«
Ilse steht auf, räumt das Geschirr ab, holt sich heißes Wasser aus dem Schiff. Horst nimmt sich die Zeitung und schlägt den Sportbericht auf. »Von mir aus kann die Marga gehen, mit wem sie will«, sagt er. »Wenn er ihr gefällt.«
Die Mutter streicht sich die Haare aus der Stirn. »Wir haben wirklich immer Pech. Ich kann es euch genausogut jetzt schon sagen, bald sieht man es sowieso. Ich kriege ein Kind.«
Ilse läßt den Teller, den sie gerade abspült, erschrocken zurückfallen. Noch ein Kind. Wo sie doch schon so viele sind.
»Von wem?« fragt Horst. »Von diesem Eduard, mit dem du da rumziehst?«
Die Mutter nickt.
»Und will er dich heiraten?«

»Nein. Er hat gesagt, wenn ich allein wäre, das wär was anderes. Aber auf einmal so viele Kinder, das will er nicht.«

Die Mutter hat ihren Kopf jetzt auf den Tisch gelegt und weint. Ihr Rücken zuckt, und ihre Schulterblätter drücken spitze Dreiecke in die dünne Bluse.

»So ein Scheißkerl«, sagt Horst und steht auf. »Ich gehe noch ein bißchen zum Helmut.«

Dieter schluckt. »Ich auch.«

Ilse sieht, wie er vorsichtig die Hand ausstreckt, sie aber wieder zurückzieht, bevor er die Mutter berührt hat.

Ilses Kopf ist ganz leer. Sie spült das Geschirr. So langsam und so gründlich hat sie noch nie gespült. Das Weinen der Mutter füllt die Küche ganz aus. Für Ilse ist kein Platz in diesem Weinen. Dann steht die Mutter auf und geht in ihr Schlafzimmer.

Zwei Tage später sagt sie morgens, bevor sie weggeht: »Was ist jetzt mit der Katze?«

Ilse macht gerade Mohrles Kästchen sauber. Zwei, drei Häufchen wischt sie weg und zieht einen trockenen Lappen von ganz unten nach oben. Der Katze geht es gut. Als Ilse sie auf den Rücken legt und mit dem Zeigefinger den Babybauch streichelt, hackt ihr Mohrle die winzigen Krallen in die Finger. Ilse schaut ihre Mutter an. »Heute«, sagt sie.

Die Mutter weicht dem Blick aus. »Ich habe dir gleich gesagt, daß es nicht anders geht.«

»Ja, Mama.« Ilse nimmt Mohrle hoch und legt sie an ihr Gesicht.

»Wo willst du denn hin mit ihr?«

»Zur Oma.«

»Die Oma kann Katzen nicht leiden.«
Ilse zuckt mit den Schultern.
»Na ja, probieren kannst du's ja«, sagt die Mutter und zieht ihren Mantel an. »Heute mittag könnt ihr euch die Suppe warm machen.«
In der Schule hält Ilse es fast nicht aus. Was ist, wenn die Oma nein sagt? Was ist, wenn auch die Kirchhofsbäuerin nein sagt?
In der Pause rennt die Ellen Bachmeier mit ein paar anderen Kindern hinter ihr her. »Ilse Bilse, niemand willse.«
Wie Mohrle, denkt Ilse. Genau wie Mohrle. Die will auch niemand.
Ulrike kommt vorbei und zieht sie am Ärmel mit sich. »Komm, wir spielen Ball.« Und nachher in der Stunde flüstert sie Ilse zu: »Die Ellen ist doch blöd. Da brauchst du dir nichts draus zu machen.«
»Schwätzt nicht«, sagt Frau Bayerlein. »Ilse, lies weiter vor.«
Nach der letzten Stunde rennt Ilse sofort hinaus auf den Gang und nimmt ihren Mantel. Sie hat es eilig. Aber Frau Bayerlein kommt ihr nach und ruft sie auf die Seite. »Kommst du heute mal wieder zu mir zum Lernen?«
»Nein«, sagt Ilse, »das geht nicht. Das geht überhaupt nicht mehr. Meine Mutter arbeitet jetzt in der Stadt. Da muß ich zu Hause helfen.«
»Wieso du?« fragt Frau Bayerlein. »Du hast doch noch zwei größere Brüder.«
»So halt.« Ilse hebt die Schultern hoch. Das tut sie immer, wenn sie nichts zu sagen weiß.
»Ich werd mal mit deiner Mutter reden.«

Ilse nickt und dreht sich um.
Mohrle versucht schon, aus dem Karton zu klettern. Ilse gibt ihr Milch, dann deckt sie sie warm mit einer alten wollenen Unterhose zu und legt den Deckel auf den Schuhkarton. Mohrle hebt den Deckel mit dem Kopf an. Ilse muß lachen, aber plötzlich merkt sie, daß sie weint. Sie zieht den Mantel an, dann nimmt sie den Karton vorsichtig in beide Hände und verläßt das Haus. Horst und Dieter sollen sich heute die Suppe mal allein wärmen.
Die Oma steht am Herd und kocht, als Ilse die Tür aufmacht. »Ach, du bist's«, sagt sie. »Willst du hier essen?«
»Ja.« Ilse zögert, geht dann entschlossen zu Oma, nimmt den Deckel vom Karton und zieht Mohrle die Unterhose vom Kopf. »Schau mal, Oma. Ist das nicht lieb, Oma?«
Die Oma wischt sich die Hände an der Kittelschürze ab und beugt sich über den Karton. »Eine Katze«, sagt sie. »Was willst du denn mit einer Katze?«
Ilse schaut in dieses großporige Gesicht mit der mächtigen Nase. Ganz nah bei ihr ist es. Sie hat Angst, sie weiß nicht, wie sie es sagen soll. Sie weint fast, als sie ihre Hand auf Mohrles Rücken legt. »Fühl mal, Oma, wie weich ihr Fell ist.«
»Alle jungen Katzen sind so«, sagt die Oma. »Aber wenn sie älter werden, hat man nur Dreck und Arbeit mit ihnen.«
»Sie würde dir die Mäuse auf dem Speicher fangen können.«
Die Oma schaut Ilse prüfend an. »Ich will keine Katze«, sagt sie dann und dreht sich zum Herd. »Und die paar Mäuse auf dem Speicher stören mich nicht. Ich muß halt mal wieder Fallen aufstellen.«

Ilse fängt jetzt wirklich an zu weinen. »Bitte, Oma.«
»Und warum behaltet ihr sie nicht?«
»Die Kniesers«, flüstert Ilse. »Denk doch mal an den Hund vom Horst.«
»Ich brauche keine Katze«, sagt die Oma laut. »Was soll ich mit einer Katze?«
Ilse hat sich auf den Stuhl gesetzt und hält Mohrle ganz fest. »Sie muß sterben, wenn sie niemand will.«
»Gulasch gibt es heute«, sagt die Oma. »Nudeln mit Gulasch. Die Marga kommt auch bald, dann können wir essen.« Sie deckt den Tisch. Hart stellt sie die Teller hin. »Der Opa kann Katzen nicht leiden.«
Ilse sagt nichts, streichelt langsam mit den Fingerspitzen über Mohrles Rücken. Sie kann nichts sagen, sie weint.
»Willst du ihr Milch geben?« fragt die Oma.
Ilse nickt. Die Oma wärmt Milch in einer kleinen Stielpfanne. »Umstände«, brummt sie. »Immer hat man Umstände mit diesen Kindern.«
»Du mußt die Milch mit Wasser verdünnen«, sagt Ilse.
Dann steht Mohrle mitten in der Küche und schlabbert aus einem Unterteller. Ilse wischt sich über das Gesicht. Eine Rotzspur bleibt auf ihrem Ärmel. Die Oma nimmt, ohne was zu sagen, einen feuchten Lappen und wischt sie weg.
»Ich komm auch jeden Tag und spüle dir das Geschirr«, sagt Ilse leise. »Und im Sommer gehe ich immer auf den Acker gießen. Jeden Tag, wenn es heiß ist.«
Die Tür geht auf, und Marga kommt herein. »Eine Katze! Ach, Oma, eine Katze!« Sie kniet sich auf den Boden und streichelt Mohrle.
Eifersüchtig sagt Ilse: »Es ist meine Katze.«
Die Oma stellt den Topf mit den Nudeln auf den Tisch.

»Ja, und weil Ilse die Katze zu Hause nicht behalten darf, bleibt sie bei uns.«
Ilse greift nach Omas Hand und legt ihr Gesicht dran. Die Oma schubst sie und lacht ein bißchen. »Zufrieden?«
»Ich hab auch immer eine Katze haben wollen«, sagt Marga.
»Aber es ist meine.« Ilse flüstert es so leise, daß die Marga es nicht hören kann. Fast nur gedacht hat sie es. Laut fragt sie: »Und was wird der Opa sagen?«
»Ach, der!« Die Oma nimmt einen Teller nach dem anderen, füllt Nudeln auf und schöpft eine Kelle Gulasch darüber. »Hier, eßt. Sonst wird's kalt.«
Marga stochert mit der Gabel im Essen herum. »Mir hast du nie erlaubt, daß ich eine Katze heimbringe.«
»Hör auf«, sagt die Oma.
Die Marga beugt sich so weit vor, daß ihre braunen Haare ihr Gesicht fast verdecken. »Die weiße Katze von Herrlings hätte ich haben können im Frühjahr, die Ursula hatte sie mir versprochen. Bei der weißen Katze von Herrlings hast du gesagt ...«
Die Oma haut mit der Hand auf den Tisch, daß die Teller klirren. »Jetzt hörst du aber wirklich auf. Du bist nicht die einzige. Und du hast sowieso fast alles, was du willst. Und so viel arbeiten mußt du auch nicht. Du weißt ja gar nicht, wie das ist. Aber ich weiß es. Ich kenne das. Mir ist es nämlich nicht so gut gegangen wir dir.«
Marga hat sich über ihrem Teller zusammengeduckt und schweigt. Ilse sagt auch nichts. Keiner kann etwas sagen. Die Oma denkt jetzt an ihre eigene Kindheit, die vielen Geschwister, die Arbeit, selten satt zu essen und niemals was Gescheites zum Anziehen. Manchmal erzählt sie

davon. Jeder weiß, wie empfindlich sie ist, wenn es um ihre Kindheit geht.
»Die Katze bleibt da«, sagt die Oma nach einer Weile.
Niemand antwortet ihr. Ilse kaut an einem Stück Gulasch herum und wundert sich, warum sie jetzt nicht glücklich ist.
Mohrle liegt unter dem Herd und schläft.

17.

Am Sonntagmorgen ist Ilse ganz früh aufgestanden, weil sie zur Oma wollte, zu Mohrle. »Geh nur«, hat die Mutter gesagt. »Aber zieh den Anorak an, der Mantel ist dreckig. Außerdem ist er dir wirklich noch zu groß.«
»Der Anorak ist mir zu klein.«
»Aber sauber. Du weißt doch, wie die Oma ist.«
Ilse hat den Anorak angezogen und ist weggegangen. Sie hat kaum einen Menschen getroffen auf der Straße, weil es noch so früh gewesen ist. Das Dorf hat richtig fremd ausgesehen, fast unheimlich mit den vielen geschlossenen Fensterläden. Nur die Frau Brunner aus der Bachgasse ist mit ihrem Dackel spazierengegangen.
Bei der Oma haben sie gerade gefrühstückt. »Wir gehen nachher in den Wald Pilze sammeln, der Opa und ich«, hat die Marga gesagt. »Kommst du mit?«
Die Oma hat für Ilse geantwortet. »Natürlich geht sie mit. Zwei Augen mehr zum Sehen. Beeilt euch. Es ist vielleicht das letzte Mal. Man weiß nie, wann der Frost kommt, und dann ist es vorbei.«
Jetzt gehen Ilse und Marga hinter dem Opa her durch den Wald. Die Morgensonne fällt schräg durch die Bäume, die Buchenstämme sehen silbrig grün aus. Das Laub raschelt unter ihren Füßen. Der Opa bleibt stehen. »Hier an der Stelle ist der Schaaf Jakob mal von einem Wildschwein angefallen worden«, sagt er. »Das ist schon lang her. Damals hat es hier noch Wildschweine gegeben.«

»Ich hätte Angst«, sagt die Marga. »Ich bin froh, daß es keine mehr gibt. Gibt es wirklich keine mehr?«
Der Opa lacht. »Schon lang nicht mehr. Aber du würdest sogar vor einem Hasen davonrennen.«
Die Marga lacht auch und geht ein paar Schritte voraus. »Hier, ich hab den ersten. Eine Marone.«
Ilse hat die Hand fest um den Griff von dem kleinen Spankorb gelegt, den die Oma ihr gegeben hat, und macht große Schritte hinter Opas gekrümmtem Rücken. Er ist alt und abgeschafft. Wie dicke blaue Regenwürmer kriechen die Adern über seinen Handrücken. »Ein ordentlicher Mann ist er, dein Opa«, sagen die Leute, wenn sie von ihm reden. »Ein fleißiger Mann. Und daß er freitags abends mal ein bißchen mehr trinkt als ihm guttut, na ja, das ist so bei den Männern. Wer hat noch nie einen über den Durst getrunken, wenn er die Woche über schwer gearbeitet hat.«
Ilse hat Angst vor dem Opa. Er redet nicht viel, meistens sagt er gar nichts, nur manchmal gerät er plötzlich in Zorn und schreit los, ganz heftig und unerwartet kommt das und ist deshalb um so erschreckender.
»Ein Steinpilz«, sagt der Opa und stellt seinen Korb auf den Boden. Unter seinem blauen Pullover rutscht das Hemd heraus, als er sich bückt, und über seinem Ledergürtel rollt sich dick der Gummizug von seiner grauen, angerauhten Unterhose. »Soll ich meinen Gürtel ausziehen?« fragt er immer, wenn eines von den Kindern etwas angestellt hat, und legt die Hände auf die schwere Metallschnalle. Ilse kann den Gürtel nicht anschauen ohne daran denken zu müssen, wie er einmal den Horst damit geschlagen hat. Der Horst hatte irgend etwas mit der Tochter vom

Lindenbauern gemacht. Noch Wochen danach hat er ein langärmeliges Hemd getragen, obwohl es doch mitten im Sommer gewesen ist, nur damit man die blauen und grünen Flecken nicht gesehen hat.
Der Opa schneidet den Pilz ganz unten am Stiel ab und schabt die Erdreste weg, bevor er ihn in seinen Korb legt. Der karierte Hemdzipfel bauscht sich zwischen Pullover und Hose.
»Ist der da eßbar?« fragt Ilse und deutet auf einen schönen lila Pilz.
Der Opa dreht sich um. »Das ist ein Stachelbeer-Täubling«, sagt er. »Den kann man nicht essen. Der ist bitter.«
Sie gehen weiter. Die Marga hat ihren neuen Wintermantel an, obwohl es die Oma nicht gewollt hat. Dunkelblau ist er, mit einem weißen Fell am Kragen. Ilse zieht an ihren Anorakärmeln, aber sobald sie sich bewegt, rutschen sie ihr wieder hoch bis über die Handgelenke. Die Marga würde mit so einem Anorak nicht mehr rumlaufen. Die Marga würde auch keine Strumpfhosen anziehen, die an den Knien gestopft sind. »Aber Ilse«, hat die Oma gesagt, als sie es gesehen hat. »Hast du denn nicht wenigstens eine gute für sonntags?« Und dann hat sie versprochen, ihr ein Paar zu kaufen, gleich nächste Woche.
Ilse schaut und schaut, aber sie findet keinen Pilz. Jedesmal, wenn weiter weg etwas graubraun aufblitzt, rennt sie hin und denkt, das muß eine Pilzkappe sein. Diesmal bestimmt. Dann ist es aber doch nur ein vermodertes Blatt. Oder ein Stein.
Der Opa findet Pilze. Er bückt sich immer wieder, schiebt welkes Vorjahrslaub zur Seite, schneidet ab, legt in den Korb.

Die Marga redet dauernd. Sie hat keine Angst vor dem Opa, sie kennt ihn ja auch besser. Und sie findet was. Ihr Korb ist schon beinahe halb voll.
Sie kommen an die Friedensquelle. Aus einem dünnen Eisenrohr springt ein feiner Wasserstrahl und versickert ein paar Meter weiter im Waldboden. Das Moos um die Quelle herum ist dicht und sehr grün.
»Sie heißt Friedensquelle, weil sie kurz nach Kriegsende aufgebrochen ist«, erzählt der Opa. »Ganz plötzlich war sie da. Die Leute haben das für ein gutes Zeichen gehalten. Jeder hat sich gefreut, daß der Krieg vorbei war. Jeder hat den Frieden gewollt.«
Der Opa ist auch im Krieg gewesen, in Frankreich. An der linken Hand hat ihm ein Granatsplitter den kleinen Finger abgerissen. Manchmal sagt er, die ganze Hand wäre ihm lieber gewesen, da bekäme er Rente und müßte nicht mehr arbeiten. Die Oma schimpft dann. »So ein Quatsch. Nur mit einer Rente hätten wir nie im Leben ein Haus kaufen können.«
»Red doch mal französisch«, sagt die Marga.
»Leböf, der Ochs, lawasch, die Kuh, fermeh laport, die Tür mach zu.«
Marga lacht, wiederholt: »Leböf, der Ochs, lawasch, die Kuh, fermeh laport, die Tür mach zu.«
Sie lacht noch, als sie sich bückt und aus der hohlen Hand von dem Wasser trinkt. Wie eine Wand ist dieses Lachen zwischen ihr und Ilse. Weil Ilse nicht lachen kann. Sie dreht sich um, geht ein paar Schritte seitwärts, den Hang hinauf, kauert sich hinter einen Busch. »Fermehlaport, die Tür mach zu«, flüstert sie. Den Anfang hat sie vergessen.
»Ilse«, ruft der Opa. »Wir gehen weiter.«

Später, als Marga ihren Korb hinstellt und in ein Dickicht kriecht, vorsichtig, damit ihr neuer Mantel nicht schmutzig wird, nimmt Ilse schnell zwei große, braunhütige Pilze aus Margas Korb und legt sie in ihren eigenen, in dem nur ein paar Halimasche sind.
Zu Hause stellen sie ihre Körbe auf den Tisch, alle drei.
»Zwei schöne Maronen hast du, Ilse«, sagt die Oma und hält die beiden Pilze hoch.
»Das waren meine«, schreit die Marga und reißt sie der Oma aus der Hand. »Du hast sie mir gestohlen. Gib es zu, daß du sie mir gestohlen hast. Ich weiß genau, daß es meine sind.« Marga weint.
Die Oma schaut Ilse an. Ilse spürt, wie ihr Gesicht rot wird. »Nein, die hab ich gefunden«, sagt sie. Langsam geht sie einen Schritt rückwärts, noch einen, stößt mit dem Rücken an den Küchenschrank, rutscht an ihm entlang bis zu der Ecke zwischen Schrank und Tür. Dort sind die Haken, an denen die Mäntel und Jacken hängen. Jetzt kann sie nicht mehr weiter. Sie bleibt stehen.
»Eine Diebin«, schreit die Marga immer wieder. »Ihre eigene Schwester hat sie bestohlen.«
Die Oma schaut von Ilse zu Marga und wieder zu Ilse. Sie zuckt hilflos mit den Schultern. Dann breitet sie eine alte Zeitung auf dem Küchentisch aus und schüttet alle Pilze darauf, aus allen drei Körben. Breitbeinig hockt sie sich auf einen Stuhl und entfernt Schmutzreste und madige Stellen.
»Hör endlich auf«, sagt Opa zu Marga.
Sie heult weiter. »Meine Pilze sind das.«
Da holt der Opa aus und haut ihr eine runter. »Ich hab gesagt, du sollst aufhören«, brüllt er. »Es ist doch ganz

egal, wem die Pilze gehören. Essen tun wir sie ja doch alle zusammen.«
Marga hält sich die Backe und läuft aus der Küche. Dann hört man ihre Zimmertür ins Schloß fallen.
»Warum hast du sie geschlagen?« fragt die Oma. »Sie kann doch nichts dafür.«
Der Opa schaut sie böse an. »Kannst auch eine kriegen, wenn du das Maul nicht hältst.«
Die Oma preßt die Lippen fest aufeinander. Wie Striche sehen sie aus unter einem hubbelig zusammengezogenen Fleischwulst.
»Weiber«, schreit der Opa und haut mit der Faust auf den Tisch. »Ihr treibt mich noch alle aus dem Haus. Und dann könnt ihr sehen, wo ihr bleibt.«
Er dreht sich um und kommt zu der Ecke, in der Ilse sich hinter den Mänteln versteckt hat. Sie schaut in das Gesicht mit den blauverschwommenen Augen und hat auf einmal keine Angst mehr vor ihm. Er reißt seine Kappe vom Haken und knallt laut die Tür hinter sich zu. Ilse rennt ihm nach.
Mit krummem Rücken stapft er wieder die Straße bergauf, hinein in den Wald, läuft und läuft, als müßte er seine Wut mit den Füßen tottreten.
Ilse geht ruhig neben ihm her.
»Natürlich hast du die Pilze genommen«, sagt er nach einer Weile. »Die Marga hat sie mir ja gezeigt, gleich nachdem sie sie gefunden hat. Aber warum muß sie so ein Theater machen wegen zwei Maronen?« Wütend stößt er mit dem Fuß in das raschelnde Laub. »Dein Vater gehört geschlagen, weil er sich nicht um euch kümmert. Ich hab das auch nicht gekonnt, einfach abhauen. Ich bin dageblieben und

habe für meine Familie gesorgt, auch wenn es mir oft sauer gewesen ist. Aber der läßt einfach alles im Stich und zieht weg. Und ich habe die Last damit. Nächstes Jahr, wenn ich aufhöre zu arbeiten, was wird dann? Meine Rente langt nicht für alles. Und das Haus ist immer noch nicht abbezahlt.« Er nimmt einen dürren Ast vom Boden und drischt wütend auf einen Baum ein. »Aufhängen sollte ich mich, das wär das beste. Dann wäre ich alles los.«
Ilse legt ihre Hand in seine schwielige, rauhe, in die linke, der ein Finger fehlt. Er hält sie fest. So gehen sie nebeneinander her, langsamer jetzt, den Hohlweg hinüber auf die Kuppe des Kreuzbergs.
»Opa, red noch mal französisch«, sagt Ilse.
»Leböf, der Ochs, lawasch, die Kuh, fermeh laport, die Tür mach zu.« Er muß es noch ein paarmal wiederholen, bis Ilse es auch kann.
»Leböf, der Ochs, lawasch, die Kuh, fermeh laport, die Tür mach zu«, sagt sie und lacht.
Später, als sie nach Hause kommen und das Essen auf dem Tisch steht, ist Opa wieder so schweigsam wie immer.

18.

Abends ist es eigentlich noch nicht besonders schlimm. Ilse friert etwas mehr als sonst. Und sie ist traurig, ohne zu wissen, warum. Horst und Dieter reden im Bett noch darüber, wie sie zu einem Schlitten kommen können. Den alten hat Horst im letzten Winter kaputtgefahren, den Schloßberg runter und gegen die alte Linde. Er hat ein Loch im Kopf gehabt, und den Schlitten konnten sie wegwerfen.

»Bald gibt es Schnee«, sagt der Horst. »Und was machen wir dann?«

»Vielleicht kauft uns der Papa einen neuen, wenn er an Weihnachten kommt«, antwortet Dieter.

»Ach, der!« Horst macht ein Geräusch, als würde er spucken. »Von dem würde ich keinen wollen. Von dem nicht.«

Ilse versucht, ihre klamme Zudecke fester um sich zu stopfen. Sie friert, und ihr Hals tut weh. Der Papa. Ostern vor einem Jahr ist er das letzte Mal dagewesen. Sie schluckt, aber der Brocken in ihrem Hals geht nicht weg. Nachts träumt sie von einem Mann, der am anderen Ende der Sandgasse steht, da, wo der Wingert anfängt, und ihr zuwinkt. Sie weiß, daß das ihr Vater ist. Sie läuft und läuft, aber die Sandgasse wird immer länger, der Weg immer weiter, und sie bekommt keine Luft mehr. Der Mann steht unter dem Pflaumenbaum von Krämers Garten und winkt. Ilse merkt, daß sie ihn nie erreichen wird, und dreht sich

um. Sie will den Weg zurückgehen, sie friert und will nach Hause in die warme Küche. Da steht der Vater plötzlich vor ihr und schwingt einen großen Stock. Sein Gesicht ist nur ein weißer Fleck. Ilse erschrickt. Sogar im Traum erschrickt sie darüber, daß sie nicht mehr weiß, wie ihr Vater aussieht. Und während sie ihn voller Angst anstarrt, bekommt er das Gesicht vom Herrn Schuster, und aus dem Stock wird ein Beil. »Ich leg dich auf den Hackklotz«, schreit er. Ilses Beine werden immer schwerer. Sie versucht zu rennen, aber es geht nicht. Der Vater-Schuster lacht und schwingt das Beil über dem Kopf. »Jetzt«, schreit er. »Jetzt. Jetzt.«
Ilse wacht auf. Ihr Kopf tut ihr weh. Sie dreht das Kissen um und preßt ihr Gesicht auf die kühle Seite. Für einen Moment bringt ihr das Erleichterung. Aber die Nacht ist noch nicht vorbei. Immer wieder döst sie ein und wacht wieder auf. Der Horst schnarcht laut.
Sie ist froh, als drüben in Mamas Zimmer der Wecker rasselt. Jetzt dauert es nicht mehr lang, dann kommt die Mutter herein, öffnet das Fenster, schlägt die Läden knarrend an die Hauswand und klappt die Riegel hoch. »Aufstehen.«
Ilse zittert. »Mama«, sagt sie. »Mir ist nicht gut. Ich glaube, ich bin krank.«
Die Mutter schaut sie erschrocken an. »Das geht nicht. Das darfst du jetzt nicht. Ich bin doch erst so kurz in der Firma, noch in der Probezeit, da kann ich doch nicht zu Hause bleiben.«
Ilse nickt. Sie steht auf. Sie wäscht sich das Gesicht und die Hände unter dem Wasserhahn und deckt den Tisch. Aber Hunger hat sie heute nicht. Sie bringt nichts runter.

Draußen, auf dem Weg zur Schule, tut ihr der Kopf etwas weniger weh, nur kalt ist ihr. Fürchterlich kalt. Wattegrau hängen die Wolken über den Häusern. Horst hat recht, es wird Schnee geben. Wie schwer ihre Beine sind.
Müde sitzt sie in der Schule, stützt den Kopf auf die Arme, bewegt sich kaum. »Ilse, setz dich richtig hin«, sagt Frau Bayerlein.
Ilse nimmt die Ellenbogen vom Tisch und fängt an zu weinen.
»Was ist denn, Kind?« Frau Bayerlein ist erschrocken.
»Ich habe Kopfweh.«
Frau Bayerlein betrachtet sie aufmerksam. »Du siehst schlecht aus«, sagt sie. »Geh heim und leg dich ins Bett.«
Ilse packt ihre Sachen zusammen. »Gute Besserung«, flüstert Ulrike ihr zu. »Und grüß Mohrle.«
Ilse geht nicht nach Hause. Sie will nicht in der leeren Wohnung sein. Sie nimmt den Weg durch das Schulgäßchen hinauf, an dem Milchgeschäft vorbei zur Bergbachstraße.
Doch die Oma ist nicht da. Ilse hat vergessen, daß Winter ist, daß die Oma im Winter immer Putzstellen annimmt, weil der Opa dann oft arbeitslos ist. Sie legt ihren Ranzen auf die Treppe und hockt sich auf die Türschwelle. Wenn es nur nicht so kalt wäre. Sie zieht die Knie fest an ihren Körper und schlingt ihre Arme darum, versucht, sich mit ihrem Atem zu wärmen. Sie schläft ein.
Erst als die Oma sie rüttelt, kommt sie wieder zu sich.
»Was machst du denn hier? Bist du schon lang da?«
Ilse nickt. »Die Lehrerin hat mich heimgeschickt. Ich bin krank.«

»Ach Gott«, sagt die Oma. »Nichts als Ärger hat man mit euch.« Sie schließt die Tür auf. »Komm rein.«
Ilse legt ihren Ranzen auf einen Stuhl, zieht den Mantel aus und hängt ihn an einen Haken hinter der Tür. Dann kauert sie sich zu Mohrle auf den Boden. Mohrle ist groß geworden und kann schon richtig laufen. Als Ilse ihre Hand ausstreckt, wölbt sie ihr den Rücken entgegen und hebt ihr lächerliches Schwänzchen hoch.
»Du siehst wirklich sehr schlecht aus«, sagt die Oma. »Setz dich mal hier auf den Stuhl.« Sie legt ihre Hand auf Ilses Stirn. »Tut dir was weh?«
»Der Kopf. Und der Bauch.« Ilse fängt an zu weinen.
»Hast du heute schon geschissen?«
»Nein.«
»Gestern?«
»Ich weiß nicht mehr.«
Die Oma holt aus dem Küchenschrank, aus dem Fach ganz links oben, eine gelbliche Flasche.
»Nein«, ruft Ilse. »Bitte nicht.«
Die Oma hält die Hand mit einem Eßlöffel weit von sich weg, weil sie keine Brille aufhat. Der Löffel zittert, aber die Oma füllt ihn mit dickflüssigem Rizinusöl aus der Flasche.
»Nein, Oma, nicht«, sagt Ilse noch einmal, macht trotzdem den Mund auf, als die Oma mit dem Löffel näher kommt. Sie würgt, aber die Oma hält ihr den Mund zu, drückt ihr den Unterkiefer so fest nach oben, daß sie wohl oder übel runterschlucken muß.
»So«, sagt die Oma. »Jetzt legst du dich erst einmal hin.« Gleich neben der Küche ist das Schlafzimmer mit den Ehebetten. Die Laken sind straff gezogen und die Zudek-

ken ordentlich geschüttelt und geknickt. »Ich laß dir die Tür auf«, sagt die Oma. »Dann wird es bald warm im Schlafzimmer.«
Ilse zieht sich aus. Sie hat noch immer den öligen Geschmack im Mund und das Würgen im Hals. Sie rollt ihre Strümpfe zusammen und stopft sie in die Schuhe, damit die Oma das Loch in der einen Ferse nicht sieht.
»Hier hast du ein Nachthemd von der Marga.«
Ilse sinkt in das große, weiche Oma-Bett. Es schwankt unter ihr, immer hin und her, wie auf einem vollgeladenen Heuwagen. Dann wird es ruhiger.
»Nichts als Schwierigkeiten hat man mit diesen Kindern«, sagt die Oma draußen in der Küche und klappert mit den Töpfen. »Dabei bin ich alt. Ich will langsam mal meine Ruhe haben.«
Ilse weint sich in den Schlaf. Sie wird von stechenden Schmerzen in ihrem Bauch wieder wach. »Oma«, schreit sie. »Oma, mein Bauch.«
Und die Oma kommt, hebt sie hoch und trägt sie aufs Klo. Danach ist Ilse nur noch müde.
Abends ist dann ihre Mutter da. Sie sitzt mit Oma und Opa in der Küche. »Kann sie nicht so lang bei euch bleiben, bis sie wieder gesund ist?« fragt die Mutter.
»Nein«, antwortet der Opa. »Wir haben schon genug am Hals. Wir brauchen nicht noch ein krankes Kind. Nimm dir halt frei. Du wirst dir doch noch freinehmen können, wenn dein Kind was hat.«
»Nur dieses eine Mal.« Ilse hört an Mamas Stimme, daß sie weint. Und sie denkt: Im Sommer, als ich immer den Acker gegossen habe, da haben sie mich brauchen können.

»Hör auf zu weinen«, sagt die Oma. »Vielleicht geht es ihr morgen schon besser.«
»Weiber«, sagt der Opa laut und böse. »Macht doch euren Dreck allein. Vorhin hast du mir noch damit in den Ohren gelegen, daß du es nicht machen kannst. Und was ist mit der Frau Reuß? Du kannst doch nicht putzen gehen, wenn du ein krankes Kind daheim liegen hast. Gibt dir etwa die Gertrud das Geld dafür?«
Ilse will es nicht mehr hören. »Mama«, ruft sie laut. »Mama.«
Und dann sind die Mutter und die Oma bei ihr. »Jetzt hat sie Fieber«, sagt die Oma. »Die Marga hat heute schon Rotwein gekauft. Ich habe es mir gedacht, daß sie ihn noch braucht.«
Die Mutter hat Ilse in den Arm genommen und hält sie fest. Der Opa schimpft in der Küche herum, dann klappt die Tür. Sicher geht er noch in die Wirtschaft. Der Geruch nach heißem Rotwein und Nelken kommt herüber. Ilse möchte so bleiben, den Kopf auf Mamas Schoß. Immer möchte sie so bleiben, obwohl ihr Kopf sich anfühlt, als würde er gleich aufplatzen wie ein reifer Kürbis.
Die Oma bringt ein Glas Rotwein, heiß, mit Gewürzen. Schon von dem Geruch wird Ilse schlecht. Aber die Mutter hält ihren Kopf fest, und obwohl Ilse wieder und wieder würgt und spuckt, muß sie alles austrinken. Erschöpft döst sie ein.
Die Stimmen von Oma und der Mutter, die draußen reden, machen sie wieder wach. »Willst du noch eine Tasse Kaffee?« fragt die Oma.
Wenn Ilse ein bißchen nach unten rutscht, kann sie durch den offenen Türspalt die Oma am Tisch sitzen sehen. Die

Kaffeekanne steht vor ihr, die Werktagskanne aus dem geblümten Porzellan, ganz verblaßt ist das Muster schon. Vorn am Schnabel ist ein kleines, plattes Stück rausgebrochen, direkt über dem lachsrosa Tropfenfänger aus Schaumgummi. Wie eine Ente ist die helle, weißporige Bruchstelle geformt. Ilse schaut sie immer gern an beim Kaffeetrinken.
Die Oma gießt Dosenmilch in ihre Tasse. »Willst du Zucker, Gertrud?« fragt sie.
»Nein, keinen Zucker.« Die Stimme der Mutter ist leise. Ilse schließt die Augen. Sie wundert sich, wie das sein kann, daß ihre Augen sich so groß und geschwollen anfühlen. Wie ein roter Nebel ist das hinter ihren Lidern. Sie macht die Augen schnell wieder auf. Der Lichtstreifen, der aus der Küche kommt, tut ihr weh, aber es ist immer noch besser als der rote Nebel. Die Oma sitzt am Tisch, die schweren Arme aufgestützt. Aus den hochgekrempelten Ärmeln quellen blasse Speckrollen. Wenn Ilse die Augen halb zumacht, verschwimmt das Licht zu flimmernden Bändern, und Omas Finger liegen nebeneinander wie geplatzte Bratwürste.
»Ich krieg was Kleines«, sagt die Mutter.
Die Oma rührt heftig in ihrer Kaffeetasse. Das Löffelchen scheppert gegen das Porzellan. »Ich hab mir so was gedacht«, sagt sie. »Man sieht es schon.«
»Dabei habe ich abgenommen.«
»Du hast bei jedem Kind erst abgenommen, nur in den letzten Monaten bist du dicker geworden. Weißt du noch, wie schlecht du bei der Ilse ausgesehen hast?«
»Mir geht es auch diesmal nicht besonders.«
»Wer ist der Vater?«

»Einer aus der Stadt. Eduard Walter heißt er. Er ist Autoschlosser.«
»Will er dich heiraten?«
»Nein. Wenn ich die Kinder nicht hätte, dann ja, hat er gesagt.«
Ilse muß plötzlich weinen. Nicht mit lauten Schluchzern, ganz leise weint sie. Sie merkt es erst, als ihr die Tränen über die Backen laufen.
In der Küche ratscht ein Stuhl über den Boden. Ilse hört an den schweren Schritten, daß die Oma aufgestanden ist. Die Schranktür klappt, der Glaseinsatz klirrt leise nach. Ilse schaut mit offenen Augen in die Küche, aber sie sieht nichts durch die Tränen. Ihre Augen brennen. Die Stimme von der Oma kommt wie durch einen Nebel, mal laut, mal leise. »Hier, iß noch was. Den Schinken habe ich von der Spalt Anna, die haben letzte Woche geschlachtet.«
Dann ist es eine Weile still. Ilses Augen werden wieder klarer. Sie wischt sich die Tränen mit dem Bettzipfel weg. Komisch, jetzt ist ihr heiß.
»Und wenn du es wegmachen läßt?« fragt die Oma draußen.
»Es ist schon zu spät«, antwortet die Mutter. »Außerdem habe ich noch nie eines wegmachen lassen.«
Die Oma kaut. Man hört ihr Schmatzen bis ins Schlafzimmer. »Ja«, sagt sie. Und dann: »Ich auch nicht. Den Peter, den habe ich wegmachen wollen, damals, weil es uns so schlecht gegangen ist, aber ich habe niemand gefunden, der es macht. Chinin habe ich gefressen, massenweise Chinin, aber geholfen hat es überhaupt nicht. Und dann hat er sich totgefahren.« Die Oma wischt sich mit der Hand

über die Augen. »Sechzehn Jahre ist es jetzt her, und ich habe es immer noch nicht verwunden.«
Ilse kennt die Geschichte. Sie war noch lange nicht geboren, als das mit Onkel Peter passiert ist. Aber immer noch wischt sich die Oma über die Augen, wenn sie von ihm erzählt.
»So ist das«, sagt die Oma. »Sechzehn Jahre. Aber Alimente wird er doch zahlen müssen, dein Autoschlosser.«
»Das schon«, antwortet die Mutter mit einer ganz harten Stimme. »Aber ich muß noch ein Kind aufziehen.«
Ilses Augen werden dicker. Und wieder weint sie. Sie dreht sich zur Wand und stopft sich die Zeigefinger in die Ohren. Sie will nichts mehr hören.

19.

Nach ein paar Tagen geht es Ilse schon wieder besser. Gut noch nicht, aber besser. Sie hat nicht mehr so viel Fieber und kann zwischendurch immer mal aufstehen, um mit Mohrle zu spielen. Heute ist die Oma wieder putzen gegangen. »Die Frau Reuß braucht mich«, hat sie gesagt. »Und du bist ja kein kleines Kind mehr, man kann dich ruhig drei Stunden allein lassen.« Der Opa arbeitet auch noch. Es hat zwar schon mal geschneit, aber der Schnee ist nicht liegengeblieben. »Wir machen Innenarbeiten«, hat er gesagt.« »Vor Neujahr werd ich nicht arbeitslos. Heuer wird es nicht so schlimm wie letzten Winter.«

»Hoffentlich«, hat die Oma geantwortet. »Das werden teure Weihnachten, wenn der Schorsch mit seiner Familie kommt. Da muß man doch was anderes auf den Tisch stellen als sonst.«

»Von mir aus bräuchte er nicht zu kommen«, hat der Opa gesagt. »Von mir aus wirklich nicht.«

Die Oma ist böse geworden. »Er ist doch dein Sohn. Versündige dich nicht.«

Der Opa ist rausgegangen und hat die Tür hinter sich zugeschlagen. Die Oma hat ihm nachgeschaut und den Kopf geschüttelt. »Er ist doch sein Sohn.«

Ilse liegt mit Mohrle auf dem Küchenfußboden. Das kann sie nur, wenn die Oma nicht da ist. Die Oma schimpft, wenn Ilse sich auf den Boden legt. Nicht weil der dreckig wäre, bei der Oma ist nichts dreckig, aber weil er kalt ist

und man das einfach nicht tut. Ilse würde ja auch lieber mit Mohrle im Bett liegen, aber das traut sie sich nicht wegen der Katzenhaare. Das würde die Oma merken. Ilse will nicht, daß die Oma schimpft, Ilse will der Oma gefallen, es ihr recht machen, Liebkind sein. Ilse möchte am liebsten bei der Oma bleiben und nur zum Besuchen in die Sandgasse gehen. Die Marga weiß gar nicht, wie gut sie es hat, denkt sie. Die redet immer nur von der kleinen Wohnung und dem Plumpsklo. Aber die weiß nicht, wie das ist, wenn man ausgelacht wird. Wer ein eigenes Haus hat oder eins erben wird, der wird nicht ausgelacht.
Wenn die Marga damals gestorben wäre, als sie so krank gewesen ist, dann hätte die Oma sicher die Ilse zu sich geholt, als Ersatz. Aber die Marga ist nicht gestorben.
Die Marga hat ein eigenes Zimmer, einen eigenen Kleiderschrank, sogar einen eigenen Plattenspieler. Und wenn Ilse nicht da ist, hat sie fast eine eigene Katze.
Ilse mag nicht mehr spielen. Sie steht auf, klopft sich ein paar Fusseln vom Nachthemd und setzt sich an den Tisch. Im Radio gibt es nur Musik. Und im Wohnzimmer, wo der Fernseher steht, wird tagsüber nicht geheizt. »Das lohnt sich nicht«, hat die Oma gesagt. »Nur damit du morgens was anschauen kannst. Dazu ist das Öl zu teuer.«
Gestern hat die Oma Plätzchen gebacken. Marga hat ihr beim Ausstechen geholfen, und sogar Ilse hat eine halbe Stunde dafür aufstehen dürfen. Aber die Oma hat genau aufgepaßt, daß sie nicht zuviel vom Teig genascht haben. »Keine vier Wochen sind es mehr bis Weihnachten«, hat sie gesagt. »Und ich kann nicht dauernd neu anfangen mit Backen.« Die fertigen Plätzchen hat die Oma in den großen, ovalen Eisentopf gepackt, in dem sie sonst an

Feiertagen ihren Braten macht. Der Topf ist alt und rauh. Den hat die Oma von ihren Schwiegereltern zur Hochzeit bekommen, so alt ist der schon. »Das war noch Qualität«, sagt die Oma, wenn sie von diesem Topf spricht. »Heutzutage geht ja alles gleich kaputt.«
Den Topf mit den Plätzchen hat die Oma versteckt, damit keiner drangeht.
Ilse fängt an zu suchen. In der Küche ist er nicht, nicht hinten im Küchenschrank, nicht oben drauf, nicht im Bratrohr des Elektroherdes, der im Winter, wenn der richtige Herd angemacht wird, nicht mehr benutzt wird. Sogar unten in die Holzkiste hat sie geschaut. Das wäre ein Versteck gewesen, unter den Holzscheiten. Im Schlafzimmer ist der Topf auch nicht. Ilse geht ins Wohnzimmer. Es ist wirklich sehr kalt hier. Sie zittert, als sie die Tür vom Vertiko aufklappt. Tischdecken und Handtücher liegen sorgfältig Kante auf Kante gefaltet in den Fächern. Weiß, glatt und ordentlich. »So muß ein Schrank aussehen, Ilse«, hat die Oma gesagt. »Nicht wie bei euch daheim. Wenn man auf seine Sachen aufpaßt, halten sie länger. Da sind Tischdecken dabei, die stammen noch aus meiner Aussteuer.«
Ilse schaut unter das Sofa, aber da steht nur das Fußbänkchen, das die Oma abends beim Fernsehen benutzt. Sonst gibt es kein Versteck mehr im Wohnzimmer, nur noch den Kasten, auf dem der Fernseher steht. Aber der ist zu klein für einen großen Topf. Und da liegen auch nur die alten Fernsehzeitschriften drin, die die Oma manchmal abends liest.
In Margas Zimmer sind die Plätzchen bestimmt nicht. »Ich werde doch nicht den Bock zum Gärtner machen«, hat die

Oma gesagt, als die Marga ihr Zimmer vorgeschlagen hat. Ilse setzt sich wieder an den Küchentisch. Der Topf kann nur in der Kammer sein. Aber da will sie nicht hineingehen. Sie hat Angst vor der Kammer.
Aber sie hätte jetzt gern ein Plätzchen gegessen. Einen Stern oder ein Herz. Oder einen Tannenbaum.
Wenn ich Licht anmache, denkt sie, dann kann es ja nicht so schlimm sein. Früher bin ich doch auch in die Kammer gegangen. Die Glühlampe ist nicht sehr hell. Ilse erinnert sich, daß die Oma immer eine Taschenlampe griffbereit liegen hat, falls mal der Strom ausfallen sollte. Sie zieht die linke Tischschublade auf und nimmt die Lampe heraus. Damit wird es hell genug sein. Ilse geht durch den Flur zur Kammertür, knipst das Licht an, schiebt den Riegel zurück.
Im Schrank mit dem Fliegengitter findet sie den Topf, ganz hinten im obersten Fach, hinter den Einmachgläsern. Sie holt sich aus der Küche einen Stuhl. Sie greift über die Gläser nach dem Deckel. Und plötzlich ist es passiert. Er rutscht ihr aus der Hand und fällt laut scheppernd auf den Boden. Im Fallen reißt er noch zwei Gläser mit. Ilse wird ganz steif und starr vor Schreck. Bis ihr einfällt, daß die Oma nicht da ist. Aber Lust auf Plätzchen hat sie jetzt nicht mehr. Vorsichtig legt sie den Deckel wieder auf den Topf. In der Kammer sieht es schlimm aus. Auf den Steinfliesen schwimmen in einer roten Soße die Erdbeeren zwischen Glasscherben. Sie holt sich einen Eimer Wasser und den Putzlappen. Daß in zwei Gläsern so viel Zeug drin war! Sie weiß nicht, wo sie anfangen soll, sie muß sich zum Nachdenken zwingen. Eine Schüssel braucht sie noch für die Scherben. Mit spitzen Fingern greift sie danach, zuckt

bei jedem Klirren zusammen. Sie streift die braunrosa zerkochten Erdbeeren zu einem Häufchen und wirft sie in die Schüssel. Die kleinen Scherben knirschen und schaben auf den Steinplatten. Ilse fröstelt. Aus der Ecke unter der Treppe kommt ein Rascheln. Ilse starrt in das Dunkel, kann aber nichts erkennen. Sie weint. Immer langsamer werden ihre Bewegungen, immer hoffnungsloser weint sie, bis sie auf dem Boden kniend die Arme um den Kopf legt und nichts mehr tut, gar nichts mehr. Nur noch weinen.

So findet sie die Oma, als sie nach Hause kommt. Sie führt Ilse zurück in die Küche, zieht ihr das klebrig gewordene Nachthemd aus und wäscht sie ab. »Du blöde Gans«, schimpft sie. »Das hast du jetzt davon. An die Plätzchen hast du gewollt, gell? Da schau, was du für einen Schnitt an der Hand hast.«

Ilse sieht sich die klaffende, blutende Wunde unbeteiligt an. Sie tut nicht weh.

»Die Strafe folgt auf dem Fuß«, sagt die Oma. »Es ist oft so im Leben, daß die Strafe auf dem Fuß folgt.« Sie schneidet einen Streifen Leukoplast ab und klebt ihn auf Ilses Hand. »Wie hast du dich nur so schneiden können? Hast du denn gar nicht aufgepaßt?«

Ilse wartet auf Schläge. Erst als sie im Bett liegt und die Oma sagt, sie ginge jetzt schnell den Dreck wegmachen, merkt Ilse, daß sie keine Schläge bekommen wird. Diesmal nicht. Aber die Angst bleibt. Fast bewegungslos liegt sie im Bett, hört, wie die Marga heimkommt, hört, wie die Oma ihr von den zerbrochenen Gläsern berichtet. Die Marga lacht, als die Oma erzählt, wie ihr mal eine Porzellanschüssel mit Plätzchen runtergefallen ist, als sie ein

Kind war. »Während meine Mutter mich verhauen hat, haben meine Geschwister alle Plätzchen aufgegessen. Das fand ich schlimmer als die Ohrfeigen.«
Ilse lacht nicht. Sie kann auch nichts essen. Die Oma legt ihr die Hand auf die Stirn. »Du kriegst wieder Fieber«, sagt sie. Ilse ist fast froh über das Fieber, sie braucht nicht mehr zu denken, wenn sie Fieber hat. Es ist ganz normal, daß man sich schlecht fühlt mit Fieber. Da sollte man eigentlich viel schlafen. Schlaf heilt.
Als sie wieder wach wird, ist es Abend. Die Oma hat ein Tuch über die Lampe gehängt, einen graubraunen Schal mit ockerfarbenen Ranken. Ilse starrt so lange auf das Licht, bis die Ranken sich wie Schlangen aus dem Muster lösen, Kreuzottern auf dem Waldboden, Kreuzottern zwischen Erdbeerblättern, wie lebendige, bewegliche Messer, und Ilse rennt zwischen den Bäumen und schreit, weil die Schlangen überall sind.
»Die Ilse spinnt«, sagt Marga.
»Das ist das Fieber«, antwortet die Oma und wickelt nasse Tücher um Ilses Beine.
Ilse rennt schreiend durch den Wald, vor sich und hinter sich die Schlangen. Kalt und glitschig ringeln sie sich um ihre Beine und ziehen sie zu Boden. Als Ilse sie von ihrem Körper nehmen will, lösen sie sich an den Druckstellen in klebrigen Matsch auf, aber mit braunrosa Matschenden schlängeln beide Teile weiter, zischeln um Ilse herum. Aus dem Zischeln kommt Omas Stimme: »Es sind nur Ringelnattern.« Ilse glaubt ihr nicht. Die sagt das nur so, denkt sie. Weil sie will, daß ich mich beißen lasse. Sie schlägt um sich. Aber die Schlangen legen sich wie Seile um ihre Beine, um ihren ganzen Körper, halten sie fest. Ilse gibt

auf. Sie kann sich nicht mehr wehren. Wehren ist sinnlos. Sich einfach fallen lassen, das ist die einzige Möglichkeit. In Omas Armen wacht sie wieder auf.
»Die spinnt, die Ilse«, sagt die Marga.
Die Oma hält Ilse fest. »Das ist nur das Fieber.«
»Ich habe Durst«, sagt Ilse. Sie trinkt Wasser, als könne sie damit das Brennen in ihrem Körper löschen. »Der ganze Wald ist voll Kreuzottern gewesen«, sagt sie.
Die Oma ist sehr groß, sehr dick, sehr warm. Wenn sie auf dem Bettrand sitzt, rutscht Ilse in die Kuhle an Omas Hintern. »Oma«, sagt sie. »Ach, Oma.«
Die Oma macht einen neuen Wadenwickel. »Jetzt ist es wieder besser. Aber wenn du einen Rückfall kriegst, kommt das nur von den kalten Fliesen, das sag ich dir.«
»Die Erdbeeren«, sagt Ilse. »Ich bin so erschrocken.«
Später faltet die Oma wie jeden Abend eine Wolldecke längs zusammen und stopft sie über die Holzritze zwischen den Betten. Darauf schläft Ilse nachts, in der Mitte zwischen Oma und Opa. Aber sie wartet nur darauf, daß die Oma sich auszieht, langsam und umständlich die große Leibbinde aufhakt, die Strümpfe mühsam an den Beinen herunterrollt, das Flanellnachthemd überzieht und dann ins Bett steigt.
Mit einem erleichterten Seufzer läßt Ilse sich zur Oma hinunterrollen und legt sich auf den Arm, den sie ihr hinstreckt. Denn die Nachtoma ist anders als die Tagoma. Ganz still ist die Nachtoma, wenn Ilse sich an sie drückt, ihr Gesicht in die weiche Kuhle zwischen Schulter und Busen legt, diesen Geruch nach Schweiß und frischgewaschener Wäsche einatmet. Wenn man an der Nachtoma liegt, ist es fast schade einzuschlafen, so schön ist das.

»Jetzt geht es dir wieder ganz gut«, sagt die Oma. »Du bist nicht mehr heiß. Daß du dich so aufgeregt hast.«
Ilse kuschelt sich an die Oma. Jede Nacht müßte es so sein, immer. Die Mutter läßt Ilse nie bei sich schlafen, auch nicht, wenn sie krank ist. »Ich mit meiner Haut! Das geht nicht. Mit so einer Haut kann ich das nicht, die ganze Nacht jemand bei mir im Bett. Da müßte ich dauernd jucken und kratzen. Kein Auge würde ich zutun.«
Ilse schiebt ihren Arm über Omas Bauch und schläft ganz ruhig und friedlich ein.

20.

Die Oma hat die große braune Einkaufstasche auf den Küchentisch gestellt. »Da, pack deine Sachen ein, damit du noch heimkommst, bevor es dunkel wird.«
Ilse nimmt das Nachthemd, das die Oma ihr jetzt geschenkt hat, weil es der Marga zu eng geworden ist über dem Busen. Die Oma hat es noch gewaschen und gebügelt und zum Auskühlen über einen Stuhl gehängt. Der Stoff ist sehr glatt. Rote Herzchen auf nachtblauem Grund. Durch den Saum des Halsausschnittes ist ein Band gezogen, das vorn zu einer Schleife gebunden wird.
»Das war mal mein Lieblingsnachthemd«, sagt die Marga. Sie sitzt auf Opas Rohrstuhl, streichelt Mohrle, die sich auf ihrem Schoß zusammengerollt hat, und schaut Ilse beim Einpacken zu. Die Oma sitzt am Tisch und schält Kartoffeln. Ilse faltet das Nachthemd sorgfältig zusammen.
»Ich habe das mal zum Geburtstag bekommen«, sagt die Marga. »Ich habe richtig betteln müssen dafür, weil die Oma unbedingt so ein rosa Blümchennachthemd kaufen wollte. Weißt du noch, Oma? Bei der Frau Stöcker?«
Ilse denkt an die weißen Unterhosen, weiß oder lachsfarben oder himmelblau. Sie denkt auch an die roten, blauen, buntbedruckten, die bei Frau Stöcker im Schaufenster liegen. Die Marga hat auch ein paar bunte Unterhosen. Aber die passen ihr noch alle. Ilse streichelt das Nachthemd. Wie schön es ist. Widerwillig legt sie es in die alte Einkaufstasche, auf den zerrissenen, verfärbten,

braunen Karton, der zur Versteifung des Bodens eingenäht ist.

»Los, mach schneller«, sagt die Oma. »Sonst wird es wirklich noch dunkel.«

Ilse holt ihre Unterwäsche, auch gewaschen und gebügelt, aus dem Schlafzimmer. »Vergiß die Strümpfe nicht«, ruft die Oma ihr nach. »Sie liegen noch bei dem Flickzeug.«

Gestern abend noch hat die Oma das große Loch in der Ferse gestopft. »Daß sie euch auch so rumlaufen läßt«, hat sie gesagt. Ilse hat versucht, die Oma zu besänftigen. »Man sieht das doch nicht, das Loch. Ich hab doch Schuhe drüber.«

Die Oma hat den Strumpf über das Stopfei gezogen und einen Faden von der Stopfwolle abgewickelt. »Das ist es ja gerade«, hat sie geschimpft. »Untendrunter muß alles sauber sein. Es könnte ja mal was passieren. Und was sagen dann die Leute? Außen hui und innen pfui! Merk dir das: Die Unterwäsche und die Strümpfe müssen immer sauber und ordentlich sein. Hier, fädle mir den Faden ein. Ich seh nicht mehr so gut wie früher.«

Ilse legt die Strümpfe zuoberst in die braune Tasche. Das ist alles, mehr hat sie nicht. Einmal Sachen zum Wechseln hat ihr der Dieter vor ein paar Tagen gebracht. »Eine Tüte hätte auch gereicht«, sagt die Oma. »Hast ja nicht viel.«

Die Marga lacht. »Als ich zur Kur gefahren bin, damals, hatte ich einen großen Koffer voller Sachen, gell, Oma?«

Ilse schaut sich in der Küche um. Sie ist traurig und weiß nicht, was sie sagen soll. Wie Abschied ist das, obwohl sie doch bald wieder da sein wird, hier in dieser Küche. Aber dann wird sie von der Sandgasse kommen und abends zur

Sandgasse zurückgehen. »Also dann«, sagt sie und zieht den Mantel an. »Dann gehe ich jetzt.«
»Ja«, sagt die Oma. »Geh, sonst wird's dunkel.«
Mohrle schläft immer noch auf Margas Schoß. Ganz selbstverständlich liegt sie da. Einen Moment lang stellt Ilse sich vor, wie das wäre, wenn sie Marga die Katze wegreißen würde und mit ihr ins Schlafzimmer rennen, in Omas Bett. Aber so etwas kann man nur denken. »Also, ich gehe dann jetzt«, wiederholt sie. Sie schaut Mohrle nicht mehr an. Auch die Oma und Marga nicht. Als sie die Küchentür hinter sich zugezogen hat, hört sie Margas Stimme. »Noch nicht einmal dankeschön hat sie gesagt.«
Die Tasche ist nicht besonders schwer. Ilse schlenkert sie hin und her beim Gehen. Die Hauptstraße kommt ihr fremd vor, ganz verändert. Sie ist lange nicht mehr im Dorf gewesen. Erst als sie am Kino vorbeigeht und die schmutzigen Schneereste im Hof sieht, wird ihr klar, was sich geändert hat. Es ist Winter geworden. Schneespuren auf den Dächern, Matsch auf den Straßen. Sie wundert sich, daß ihr das nicht aufgefallen ist, als sie an der alten Linde vorbeigekommen ist. Bald ist Weihnachten.
Ilse geht jetzt sehr langsam, sehr aufrecht. Sie stellt sich vor, es käme jemand, der sie nicht kennt, ein Fremder. Wer bist du, würde er fragen. Sie würde ihn anlachen und sagen: Ich bin die Kleine vom Lautenschläger Peter. Wir wohnen oben im Tal, in einem kleinen Haus. Jetzt gehe ich in die Sandgasse, weil ich was hinbringe. Dann muß ich aber schnell wieder heim, die warten auf mich.
Aber es kommt kein Fremder. Nur Leute, die sie kennt.
»Guten Tag«, sagt Ilse.
»Guten Tag, Herr Keimpp.«

»Guten Tag, Frau Schmidt.«
»Guten Tag, Frau Jährling.«
»Na, Ilse«, sagt die Frau Jährling. »Warst du bei der Oma?«
Ilse nickt. Ihre Schultern fallen vor, sie wird wieder krumm. Am Konsum biegt sie rechts ab in die Bergstraße. Vor Hoffmanns Garten, an den Zaun gelehnt, steht die alte Lene. Ilse geht auf sie zu und hält ihr das Gesicht hin, wartet auf das kratzige, rauhe Streicheln, das absichtslose Fingern auf ihrer Haut. Sie spürt Lenes Atem, riecht den Geruch nach Körper. Wie nachts bei der Oma im Bett. Dann geht Lene neben ihr her bis zur Sandgasse. Der Sandstreifen neben dem Asphalt ist matschig mit grauflekkigen Schneeinseln. Es wird dunkel.
In der Küche sitzt die Mutter am Tisch und liest Zeitung. »Gut, daß du wieder da bist«, sagt sie. »Die Buben helfen mir kaum.« Als sie aufsteht, sieht man, daß sie dicker geworden ist. Der Rock spannt über dem Bauch. Aber ihr Gesicht hat dunkle Schatten in dem Dämmerlicht. Ilse drückt sich an die Mutter und fängt an zu weinen. Einen Moment lang legt die Mutter die Arme um sie, fährt ihr durch die Haare. Dann schiebt sie sie weg. »Warum weinst du? Was ist los?«
Ilse weiß es auch nicht. Sie versteht die Traurigkeit nicht, die so plötzlich über sie kommt. Hilflos zuckt sie mit den Schultern.
»Stell dich nicht so an«, sagt die Mutter und setzt sich wieder an den Tisch.
Ilse unterdrückt das Schluchzen. Sie knipst das Licht an. »Du verdirbst dir die Augen, wenn du so liest.«
Die Mutter kneift die Augen zusammen bei der plötzlichen

Helligkeit. Und auf einmal weiß Ilse wieder ganz genau, wo sie ist, erkennt die Mutter, die Küche, sieht den abgewetzten, fleckigen Spülstein, den Herd, der mal wieder mit Sand geschrubbt werden muß, die Staubflocken unter dem Schrank.

»Es ist wirklich gut, daß du wieder da bist«, sagt die Mutter noch einmal. »Ein Mädchen im Haus ist was ganz anderes.«

Ilse nickt und trägt Omas alte braune Einkaufstasche hinüber ins Kinderschlafzimmer. Das Nachthemd sieht bunt und schön aus, sehr fremd in der Kommode zwischen den anderen Sachen. Nachtblau mit roten Herzen.

Die Mutter brät Zwiebeln und Speck in der Pfanne. »Ich habe gedacht, ich mache Linsen, weil du die so gern ißt«, sagt sie. »Bei uns gibt es nicht so viel Fleisch wie bei der Oma. Aber wir werden auch satt.«

Ilse nickt und nimmt den Kohleneimer. »Ich hol noch was rauf.«

Auf der Treppe trifft sie Frau Schuster und grüßt.

»Das ist gut, daß du endlich daheim bist, Ilse. Du hast deiner Mutter gefehlt. Bist du denn wieder ganz gesund?«

»Ja.«

»Du mußt bald zum Helmut kommen. Er hat dauernd nach dir gefragt. Er freut sich bestimmt, wenn du kommst.«

»Ja«, sagt Ilse. »Morgen.«

Frau Schuster kommt mit ihrem Kopf näher zu Ilse und senkt ihre Stimme. »Es geht ihm gar nicht gut. Er ist auch krank gewesen. Wenn es so weitergeht, muß er wieder ins Krankenhaus, hat der Doktor gesagt.«

Ilse weiß nicht, was sie sagen soll. Sie schämt sich, weil sie Helmut vergessen hat. Sie hat nicht an ihn gedacht, weder an ihn noch an die Sandgasse. Kaum an die Mutter. »Morgen komm ich«, sagt sie. »Gleich in der Früh.«
Es ist jetzt wirklich fast ganz dunkel geworden. Im Schuppen muß Ilse erst mal nach den Briketts tasten, bis ihre Augen sich an die Dunkelheit gewöhnt haben. Sie muß sich überwinden, nicht in die Ecken zu schauen, nur an den Eimer zu denken, der gefüllt werden muß. Sie beeilt sich und ist froh, als sie den Riegel wieder von außen zuschieben kann.
Die Mutter öffnet zwei Dosen mit Linsen und gießt sie in die Pfanne. Es zischt und dampft. »Rühr mal«, sagt die Mutter und drückt ihr einen Kochlöffel in die Hand. Ilse merkt jetzt erst, wie hungrig sie ist.
Dieter kommt herein und zieht seine nassen Schuhe aus. »Du bist ja noch dünner geworden. Aus dir wird nie was.«
»Wo ist der Horst?« fragt die Mutter.
»Er kommt gleich.«
Ilse zieht die Pfanne vom Herd. »Es ist fertig«, sagt sie. Horst schaut sie kaum an beim Essen. »Du bist wieder da«, hat er zu ihr gesagt. Mehr nicht.
Dann liegt Ilse in ihrem Bett, zieht die klamme Decke über sich, drückt sich gegen die Matratze, versucht, mit ihren knochigen Schultern eine Schlafkuhle hineinzubohren, und will nicht an das warme, weiche Omabett denken. »Du hast deiner Mutter gefehlt«, hat die Frau Schuster gesagt. Die Mama sieht schlecht aus. Sie hat Ringe unter den Augen. Dieter wälzt sich im Bett herum. Das tut er immer, bevor er einschläft. Horst atmet schon ganz ruhig.
»Die Buben helfen mir kaum.«

Ilse dreht sich vorsichtig um, versucht, die Decke so wenig wie möglich zu bewegen, um nichts von der beginnenden Wärme hinauszulassen.
»Der Helmut hat dauernd nach dir gefragt.«
Ilse knäult sich den Zipfel des Kissens unter den Kopf. Sie ist wieder zu Hause.

21.

»Die paar Tage bis zu den Ferien brauchst du nicht mehr in die Schule zu gehen«, hat die Mutter gesagt. »Das lohnt sich wirklich nicht. Du kannst die Wohnung putzen für die Feiertage. Ich schaff das nicht mehr, abends nach der Arbeit.«
Ilse ist das ganz recht. »Ich mach auch die Wäsche fertig. Bügeln und einräumen.«
»Und ins Holz müßtet ihr auch noch mal, obwohl es geschneit hat. Vielleicht könnt ihr ein paar Äste reißen.«
»Ja, Mama.«
Ilse ist froh, daß sie nicht in die Schule gehen muß. Denn vielleicht hat sich die Keller Ulrike jetzt weggesetzt, nach vorn, zur Margit, weil die Ilse so lange nicht dagewesen ist. Und Ilse muß wieder ganz allein sitzen, so wie in der letzten Klasse, bei Herrn Stumpff, wo sich nach der Geschichte mit Marion keiner mehr neben sie setzen wollte. Vielleicht will die Ulrike jetzt gar nichts mehr von Ilse wissen. Die Ellen und die anderen werden ihr gesagt haben, was Ilse für eine ist.
Daß du neben ihr sitzenbleibst, verstehe ich nicht. Kein normales Kind sollte neben so einer sitzen müssen. So ungefähr wird die Ellen geredet haben, aber ganz leise, damit Frau Bayerlein es nicht hört, weil die sonst böse wird. »Ihr seid eine Gemeinschaft«, sagt sie immer. Ilse versteht das nicht. Nur weil sie zusammen in eine Klasse gehen. Das tun sie doch nur, weil sie müssen.

Nach den Ferien werde ich schon sehen, was mit Ulrike ist, denkt Ilse. Nach den Ferien ist immer noch Zeit.
Sie ist müde. Bei der Oma könnte sie jetzt mit Mohrle spielen. Oder im Bett liegen und Radio hören. Oder der Oma in der Küche helfen. Wenn sie gut gelaunt ist, erzählt sie Geschichten aus ihrer Kindheit. Ilse hört das gern. Sie ist dann froh, daß sie nicht so leben muß wie die Oma gelebt hat, als Älteste von zehn Kindern.
Ilse breitet die Bügeldecke über dem Küchentisch aus und stellt das Bügeleisen an. Die Mutter hat die Betten frisch bezogen, das ergibt vier Laken, vier Bezüge, fünf Kopfkissenbezüge, weil die Mutter zwei Kissen braucht zum Schlafen. Wenn die Oma als Kind bügeln mußte, war das Bettzeug von zwölf Betten. Zum Einsprengen schnippt Ilse aus einem Schüsselchen Wasser über die Wäsche. Küchentücher bügelt sie am liebsten, aber es sind nur vier Stück dabei. Hemden und Blusen sortiert sie gleich aus, die kann sie noch nicht richtig bügeln. »Laß es lieber bleiben«, sagt die Mutter immer, wenn Ilse es mal wieder probiert hat. »Für so was stellst du dich zu blöd an. Da bügle ich doch lieber selbst, bevor ich so eine Bluse anziehe.«
Das Bügeleisen zischt und dampft über dem feuchten Stoff. Bügeln ist anstrengend. Nach ein, zwei Stunden ist Ilse müde. Das Bügeleisen in ihrer Hand wird schwerer und schwerer. Es nützt auch nichts mehr, daß sie sich vorstellt, wie die anderen in der Schule sitzen. Sie kann nicht mehr. Morgen ist auch noch ein Tag, denkt sie und trägt den immer noch vollen Korb zurück ins Schlafzimmer der Mutter. Morgen wird sie kräftiger sein.
Nach dem Mittagessen räumt sie die Küche auf. Um halb

drei nimmt sie den zusammengefalteten Zwanzigmarkschein vom Küchenschrank, wo ihn die Mutter morgens zusammen mit dem Einkaufszettel hingelegt hat, zieht den Mantel an und die blauen Handschuhe. Sie sind ihr zu klein, sie spannen zwischen den Fingern. Aber zu Weihnachten wird sie neue bekommen, das hat ihr die Mutter versprochen. Sie steigt mit dem Einkaufsnetz in der Hand die Treppe hinunter. Nur noch sechs Tage bis Weihnachten. Nur noch siebenmal schlafen, bis der Vater am ersten Feiertag kommt. Sie hat schon so lange darauf gewartet, so oft die Tage an den Fingern abgezählt und immer wieder nachgerechnet, daß sie es jetzt kaum glauben kann. Nur noch sieben Tage, dann kommt er. Natürlich wird er ihr etwas mitbringen. Und sie wird nach den Ferien der Ulrike erzählen, was sie bekommen hat, dann, wenn die anderen Kinder von ihren Geschenken reden, wenn sie Dinge aus ihren Ranzen ziehen und sie sich gegenseitig zeigen, vergleichen, einander belauern, ob das eigene Geschenk auch genügend Beachtung findet. Irgend etwas ganz Schönes, Besonderes wird der Vater ihr mitbringen, etwas, das kein anderes Kind hat. Er wird sie auf den Schoß nehmen und ›mein Schatz‹ zu ihr sagen, so wie der Kohlen-Keller zur Ulrike. Und er wird genauso breit und gemütlich lachen dabei.
Es hat über Nacht kräftig geschneit. Ilse ist schon auf der Straße, als jemand ihr nachruft. Ilse dreht sich um und geht wieder auf das Haus zu. Frau Schuster hat das Küchenfenster aufgemacht und lehnt sich heraus. Sie hat das grüne Wollkleid an, das ihr viel zu eng ist. Ein Knopf ist über der Brust aufgesprungen, und die grüne Leiste klafft über einem rosa Unterrock. Ilse schaut schnell weg.

»Bringst du eine Zeitung mit für den Helmut, ja?«
Ilse greift nach dem Geldstück, das Frau Schuster ihr hinhält, aber es rutscht ihr aus der Hand und fällt in eine Schneewehe unter dem Fenster.
»Mit den Handschuhen hat man kein Gefühl in den Fingern«, sagt Frau Schuster.
Ilse zieht den rechten Handschuh aus und tastet im Schnee nach der Mark.
»Dem Helmut geht es wieder schlechter«, sagt Frau Schuster über ihren gebeugten Rücken hinweg. »Man muß für ihn tun, was man kann.«
Ilse hat die Mark gefunden und steckt sie in die Manteltasche.
»Vergiß es aber nicht, Ilse.«
»Nein, Frau Schuster, bestimmt nicht.« Ilse wischt ihre nasse Hand am Mantel ab und zwängt sie wieder in den engen Handschuh. Frau Schuster schließt das Fenster. Sie muß fest drücken, es kracht und die Scheiben klirren. Ilse kennt das. Im Winter verziehen sich die Fenster immer, Frau Schuster hat bestimmt auch alte Wolltücher innen auf die Fensterbank gelegt, gegen die Kälte, die durch die Ritzen der verzogenen Rahmen eindringt.
Bei Bachmeiers steht das Hoftor offen. Ellen und Gisela bauen einen Schneemann. Gisela hat eine weiße Fellmütze auf. Als sie den Kopf hebt und Ilse sieht, deutet sie mit dem Finger auf sie und flüstert Ellen etwas zu. Ilse geht schnell weiter. Der Schnee knirscht unter ihren Füßen. Neben dem Konsum, auf dem schmalen, eingefaßten Grasstreifen zwischen Straße und Parkplatz, steht ein riesiger Weihnachtsbaum mit elektrischen Kerzen. Ilse geht direkt auf den Baum zu, auf die Lichter, die,

wenn sie die Augen etwas zusammenkneift, sternförmig leuchten.
Horst wird einen Christbaum aus dem Wald holen. »Mich erwischt niemand«, hat er gesagt. »Wir gehen spät abends, der Henner und ich, und holen zwei Bäume.«
Die Mutter hat genickt. »Das ist gut. Da brauchen wir nicht unnötig Geld auszugeben. Zehn Mark verlangen sie jetzt schon für die kleinste Fichte. Wenn man sich das vorstellt.«
Ilse ist an dem Weihnachtsbaum angelangt. Sie zählt die Kerzen. Es sind aber so viele, daß sie es wieder aufgibt. Bald ist Weihnachten, sehr bald. Und der Vater kommt. Ganz versunken steht Ilse da. Dann wird ihr kalt, sie fängt an zu frösteln. Sie stampft ein paarmal mit den Füßen auf, fühlt, wie ihre Zehen in den Stiefeln anfangen zu kribbeln. Sie will erst die Zeitung holen, bevor sie in den Konsum hineingeht. Beim Friseur in der Auslage hängen zwischen Christbaumkugeln Päckchen mit Seifen und Parfümflaschen an goldenen Bändern. Wenn ich Geld hätte, überlegt Ilse, würde ich für Mama Seife kaufen. Aber ich habe keins.
Spalts haben an ihrem Wohnzimmerfenster einen großen Stern aus Strohhalmen hängen. Das hätte Ilse auch machen können, von der Kirchhofsbäuerin hätte sie sich Stroh holen können. Aber sie hat nicht daran gedacht. Dieses Jahr hat Ilse kein Geschenk für die Mutter. Nur weil sie krank gewesen ist. Sonst hat sie immer in der Schule etwas gebastelt.
Im Schreibwarengeschäft sind viele Leute. Ilse zieht ihre Handschuhe aus und drückt sich in die Ecke links hinter dem Schaufenster, zwischen das Regal mit Geschenkarti-

keln und dem mit Zeitschriften. Sie wartet, bis ihr Atem ruhig geworden ist, schiebt sich dicht an dem Regal entlang ein Stück vorwärts, greift dabei blitzschnell nach einem Etui mit einem Füller und läßt es in ihrer Manteltasche verschwinden.

»Na, Ilse, bist du wieder gesund?«

Das ist Frau Bayerlein. Ilse schaut erschrocken hoch. Sie hält die Hand in der Tasche fest um das Etui. Bestimmt hat sie nichts gesehen, denkt sie. Sonst hätte sie doch was gesagt. Trotzdem merkt sie, wie sie rot wird.

»Wie geht es dir?« fragt Frau Bayerlein. »Kommst du morgen wieder in die Schule?«

Ilse schüttelt den Kopf. »Erst nach den Ferien, hat die Mama gesagt.«

Frau Bayerlein legt ihr die Hand auf die Schulter, nimmt sie aber sofort wieder zurück, als sie sieht, wie Ilse zurückweicht. »Du brauchst doch keine Angst vor mir zu haben«, sagt sie. »Oder ist was nicht in Ordnung?«

Vielleicht hat sie es doch gesehen, denkt Ilse. Bestimmt hat sie es gesehen, sonst würde sie doch nicht von Angst reden. Gleich wird sie Fräulein Neugebauer rufen und sagen, sie soll doch mal nachschauen, was ich in der Manteltasche habe. Ilse würde am liebsten wegrennen, aber das wäre ganz falsch. »Wenn du was geklaut hast«, hat der Horst gesagt, »dann mußt du erst mal ganz ruhig stehenbleiben, das ist ganz wichtig. Wenn du zu schnell weggehst, verrätst du dich.«

Ilse zwingt sich, die paar Schritte zur Theke zu gehen. »Eine Zeitung will ich«, sagt sie zu Fräulein Neugebauer, die gerade frei ist.

»Was für eine?«

»Ich weiß nicht. Das hat Frau Schuster nicht gesagt. Es ist für den Helmut.«
»Dann wird's eine BILD sein. Hier.«
Als Ilse in ihre Manteltasche greift und nach der Mark sucht, fühlt sie das Etui. Sie wird rot, aber Fräulein Neugebauer fällt es nicht auf. Sie ist sehr freundlich, sie schenkt Ilse sogar noch einen Kalender für das nächste Jahr.
»Fröhliche Weihnachten, Ilse, falls ich dich nicht mehr sehe«, sagt Frau Bayerlein, als Ilse die Ladentür aufmacht.
Ilse nickt und rennt die Straße hinunter, bis sie wieder am Konsum steht, vor dem Christbaum.
»Weihnachten ist etwas für Leute, die Geld haben«, hat Frau Schuster gesagt. »Was kann unsereiner schon schenken, wenn es immer nur zum Notwendigsten reicht.«
»Man kann das mit den Geschenken auch übertreiben«, hat die Mutter geantwortet. »Früher haben wir ein paar Süßigkeiten bekommen und irgendeine Kleinigkeit. Das war alles.« Sie hat sich auf das Treppengeländer gestützt und gelacht. »Außerdem habe ich die Bescherung schon in meinem Bauch.«
»Schöne Bescherung«, hat Frau Schuster gesagt und genauso komisch gelacht wie die Mutter.
Ilse kauft beim Konsum Kartoffeln, Margarine, Mehl, Zucker und Backpulver. Heute oder morgen will die Mutter Plätzchen backen. Das Netz ist schwer. Sie trägt es in der linken Hand, weil sie mit der rechten immer wieder das Etui in ihrer Manteltasche befühlen muß. Ich hätte ein Feuerzeug nehmen sollen, denkt sie. Was soll die Mama mit einem Füller? Mama schreibt nie was,

höchstens mal einen Brief an ihre Schwester in Aschaffenburg, oder einen Antrag an das Sozialamt, und dafür hat sie einen Kugelschreiber. Ilse zögert. Wenn sie nicht so erschrocken wäre wegen Frau Bayerlein, würde sie jetzt zurückgehen und ein Feuerzeug holen. Aber nun hat sie Angst. Morgen, nimmt sie sich vor, morgen hole ich ein Feuerzeug. Den Füller kann ich Papa schenken.
»Ach, Ilse«, sagt Frau Bachmeier, »wie geht es denn zu Hause? Stimmt es, daß ihr was Kleines kriegt? Freust du dich darauf? Was sagt denn die Oma dazu?«
Ilse spürt die Bosheit und rennt vor der Stimme weg. »Man wird doch noch fragen dürfen«, ruft die Frau Bachmeier hinter ihr her.
Ilse rennt um die Ecke von der Sandgasse und rumpelt mit dem alten Krämer zusammen, dem Opa vom Klaus. Sie springt schnell zur Seite, bevor er sie mit seinem Spazierstock erwischt. »Kannst du nicht aufpassen?« schreit er. »Hast du denn keine Augen im Kopf?«
Ilse rennt. Erst im Treppenhaus, als die Tür hinter ihr ins Schloß gefallen ist, bleibt sie schwer atmend stehen. Sie versucht, nicht mehr zu keuchen, nicht mehr an das Gesicht von der Frau Bachmeier zu denken, an das hinterhältige Lachen.
Und dann fällt ihr ein, daß sie die Fleischwurst für abends vergessen hat. Sie wird noch einmal gehen müssen. Sie wird in den Laden von Metzger Seifert treten, und vielleicht wird die Frau Bachmeier da sein und mit anderen Frauen tuscheln. Sie wird zu Ilse hinschauen, heimlich mit dem Finger auf sie zeigen und das Gesicht wegdrehen, damit Ilse ihr Lachen nicht sieht. Und dann wird sie fragen: Na, kriegt ihr jetzt was Kleines oder

nicht? Und alle Frauen im Laden werden Ilse anstarren. Freust du dich, Ilse? Man wird doch noch fragen dürfen, wird die Bachmeier sagen, wenn Ilse nicht antwortet, und die anderen werden lachen.
Ilse fährt sich entschlossen mit der Faust über die Augen. Die Handschuhe sind rauh und kratzen. Weinen hilft nichts. Bald werden es sowieso alle sehen. Der Bauch wird immer dicker werden.
»Wenn das Kind erst mal schreit, kümmert sich keiner mehr drum«, hat die Oma gesagt, als sie es dem Opa erzählt hat. »Nur vorher, da werden sie über die Gertrud herziehen. Und die werden am lautesten schreien, die selber Dreck am Stecken haben.«
Aber der Opa ist trotzdem böse gewesen. »Daß sie nicht endlich genug hat davon«, hat er gesagt. »Eine Frau mit vier Kindern. Daß ihr das nicht langt.«
»Halt's Maul«, hat die Oma geantwortet. »Hast du vergessen, wie es damals gewesen ist?«
Da hat der Opa nichts mehr gesagt. Er hat seine Kappe aufgesetzt und ist in den Holzschuppen gegangen.
Ilse bringt das schwere Netz nach oben in die Küche, schüttet die Kartoffeln aus dem Plastikbeutel in die Obstkiste zwischen Küchenschrank und Spüle und läßt die anderen Sachen, Margarine, Mehl, Zucker und Backpulver, auf dem Tisch stehen. Vielleicht backt die Mutter heute, wenn sie sieht, daß alles eingekauft ist. Dann nimmt sie die Zeitung und geht hinunter ins Erdgeschoß.
»Danke«, sagt Frau Schuster, als Ilse ihr das Wechselgeld und die Zeitung gibt. »Bist ein braves Mädchen. Bring doch die Zeitung gleich rüber zu Helmut, das wird ihn ablenken.« Sie schiebt Ilse zur Tür. »Red noch ein

bißchen mit ihm. Erzähl ihm was. Es wird immer schlimmer mit ihm.«
Helmut ist sehr weiß. Er greift nach Ilse, will sie nicht gehen lassen. »Wie sieht es draußen aus mit dem Schnee?« fragt er. »Bist du am Schloßberg gewesen?«
Ilse schüttelt den Kopf. »Nein. Erstens haben wir keinen Schlitten, und zweitens hätte es mir die Mama verboten, weil ich doch nicht in die Schule gehe. Aber die Straßen sind ganz weiß. Der Schnee wird nur nicht liegenbleiben, es ist nicht kalt genug.«
Sie sitzt bei ihm auf dem Bett und betrachtet seine weißen Finger, die langen, fast durchsichtigen Fingernägel mit dem bläulichen Rand am Nagelbett. »Bleib doch noch«, sagt er, als sie aufstehen will. »Magst du Plätzchen?« Er lacht bitter. »Alle Leute bringen mir Plätzchen, sogar die Knieser hat mir welche geschickt. Die wissen genau, daß es das letzte Weihnachten für mich ist.«
Ilse sieht ihn an, betrachtet das Gesicht, das immer dünner geworden ist, nur noch Haut und Knochen, und sie muß sich schnell die Haare aus der Stirn streichen, damit der Helmut nicht merkt, was sie denkt.
Helmut zieht seine Nachttischschublade auf. »Da, schau dir die Päckchen an. Diese Plätzchen sind von Frau Weber, die von Krämers, die von der Frau Müller. Komm, iß, ich bring sowieso kaum was runter.«
Ilse nimmt ein Spritzgebackenes und kaut lustlos darauf herum. Weinen möchte sie, wenn sie Helmuts blasses Gesicht sieht, und wie er sie gierig beim Essen beobachtet. Sie kaut und schluckt, lügt, sagt, wie gut es ihr schmeckt, nimmt das nächste Plätzchen. Helmut hält ihr immer wieder eine Tüte hin. Sie stopft unter diesen Augen

Plätzchen in sich hinein, nimmt wahllos, was kommt, Zimtsterne, Anisplätzchen, Buttergebackenes.
»Freust du dich auf Weihnachten?« fragt Helmut und streichelt ihre Hand.
Der Bruno kommt herein und legt zwei Briketts auf. Er grinst, als er sieht, wie Helmut Ilses Hand hält.
»Hau ab«, sagt Helmut. »Mach bloß, daß du rauskommst.«
»Du hast mir gar nichts zu sagen«, zischt der Bruno böse und schlenkert mit seinen langen Armen. Aber dann geht er doch.
»Mir ist immer so kalt«, sagt Helmut. »Mir wird überhaupt nicht mehr richtig warm.«
Ilse beugt sich hinunter und legt ihr Gesicht auf seine Hand.
»Warum weinst du?« fragt er. »Hat dir jemand was getan? Der Bruno vielleicht?«
»Sie werden über uns reden«, flüstert Ilse. »Sie werden mich Sachen fragen. Sie werden mir Sachen nachrufen, wenn der Bauch von meiner Mama noch dicker geworden ist.«
Helmut streichelt über ihren Kopf. »Mach dir nichts daraus. Es lohnt sich nicht, über so etwas zu weinen. Es lohnt sich überhaupt nicht zu weinen. Man muß doch alles nehmen, wie es kommt.«
Nach einer Weile steht Ilse auf. »Ich muß noch zum Metzger«, sagt sie. »Ich habe die Fleischwurst fürs Abendessen vergessen.«
Sie zieht die Tür hinter sich zu. Er versteht das nicht, denkt sie. Weil ihm niemand mehr was nachrufen kann, versteht er es nicht.

Aber sie weiß nicht, wer es überhaupt verstehen könnte, außer der Mutter, und mit der kann sie nicht darüber sprechen. Mit der nicht.
Bruno macht die Küchentür auf und droht ihr mit der Faust. Ilse stolpert die Treppe hoch und wischt sich beim Laufen die Tränen aus dem Gesicht.
Am nächsten Morgen erfährt sie, daß Helmut ins Krankenhaus gebracht worden ist. »Gestern abend noch«, sagt die Mutter. »Du hast schon lang geschlafen. Die Frau Schuster hat den Arzt geholt, weil es ihm schlechter gegangen ist. Um elf sowas ist der Krankenwagen gekommen.«

22.

Weihnachten. Endlich ist Weihnachten. Der Schnee ist nicht liegengeblieben, gestern hat es angefangen zu tauen. Ilse hat sich eine schöne, glitzernde Schneedecke gewünscht, um den Vater zu empfangen, ein sauberes, weißes Tuch über Schmutz und Dreck gebreitet, so hätte sie es haben wollen. Aber gestern morgen war plötzlich dieser laue Wind da, hat Wolken über den vorher frostklaren Himmel getrieben und in nur einem Tag und einer Nacht den ganzen Schnee weggetaut.

Schnee hätte liegen müssen. Ilse hat sich schon vorgestellt, wie sie mit ihrem Vater auf den Kreuzberg steigen würde, bis oben hin zu dem Aussichtstempel, und wie sie ihm das verschneite Dorf zeigen würde, ihn darauf hinweisen, wie schön die Bäume im Schnee sind, die dunklen Stämme gegen das Weiß und die Zweige, die ganz dünn und zart werden. Und der Kirchturm mit der Schneekuppe, der Wetterhahn sieht nur mehr aus wie ein schwarzer Punkt, nur sein Schnabel schaut noch raus, damit er nicht erstickt. Alles werde ich ihm zeigen, hat Ilse gedacht, er soll sehen, wie schön es ist. Und dann ist ihr eingefallen, daß er es kennt, daß er viele Jahre hier gelebt hat, daß er in diesem Dorf aufgewachsen ist wie sie. Sie hat sich selbst ausgelacht, so komisch ist ihr das vorgekommen, daß sie ihm das Dorf zeigen wollte wie einem Kurgast.

Trotzdem hätte er sich bestimmt gefreut, wenn alles weiß gewesen wäre, denkt sie. Dicke weiße Kissen auf den

Dächern, Watte auf den Bäumen wie der Zuckerguß auf dem Lebkuchenhaus, das der Bäcker Schwindt immer in der Adventszeit in seiner Auslage stehen hat, zwischen Brot und Kuchen.

Anfänglich geht Ilse sehr schnell. Angetrieben von der Erwartung, endlich den Vater zu sehen, läuft sie immer ein paar Schritte vor Horst und Dieter her. Die gehen langsam, fast zögernd, als wollten sie nicht so recht. »Renn doch nicht so«, ruft Horst. »Du kommst schon noch früh genug hin.«

Am Kornmeierhaus bleibt Ilse stehen und dreht sich um. »Die Bachgasse rauf«, bestimmt Horst.

Die Bachgasse ist nicht glatt geteert wie die meisten Straßen im Dorf, sie ist noch mit diesen dickbauchig gewölbten graublauen Steinen gepflastert, die bei Regen dunkel glänzen. Der Bürgersteig an der Häuserreihe entlang ist so schmal, daß man fast nicht darauf gehen kann. Wenn es trocken ist, benutzen die Leute den hart getrampelten Pfad im Gras neben dem Bachbett, der aber sofort glitschig wird, wenn es ein bißchen geregnet hat. Dann kann man eigentlich nur noch auf der Fahrbahn gehen. Ilse weicht den Dreckpfützen aus, die sich in den Vertiefungen gesammelt haben, da, wo das Pflaster sich im Laufe der Zeit gesenkt hat.

Wie grau der Tag ist, denkt Ilse. Die Sonne hätte heute scheinen müssen. Nur heute. Über einer sauberen, weißen Glitzerdecke.

Es ist nicht mehr weit bis zur Bäckergasse. Ilse wird langsamer und bleibt vor der Gärtnerei Schauer stehen. Wie bei allen Häusern auf dieser Straßenseite führt ein geteerter Zugang über den Bach zum Hof. Dort, vor dem

Haus, sind noch bis gestern mittag Weihnachtsbäume verkauft worden. Das Schild hängt noch am Zaun. Fichten DM 10,– pro Meter, Edeltannen ab DM 18,–.
»Was ist denn los mit dir«, fährt Horst Ilse an. »Erst kann es dir nicht schnell genug gehen, und jetzt stehst du da rum.«
Ilse geht langsam hinter den Brüdern her. Ihr neues Kleid kratzt, das Kleid, das sie gestern zu Weihnachten bekommen hat. Dunkelgrün ist es, mit schwarzen Karos, einem weißen Kragen und weißen Knöpfchen bis zum Gürtel. Gestern abend noch hat die Mutter es kürzer gemacht. »Es kratzt«, hat Ilse gesagt, aber die Mutter hat sich nicht darum gekümmert. »Dann ziehst du halt ein langärmeliges Unterhemd vom Dieter drunter an«, hat sie gesagt.
Aber das Kleid kratzt durch das Unterhemd durch. Ilse bewegt ihre Schultern unter dem Mantel gegen den Juckreiz. Trotzdem ist sie froh, daß sie ein neues Kleid hat, daß sie sauber und ordentlich aussehen wird, wenn sie gleich den Vater wiedersieht. Sie kann sich kaum mehr an ihn erinnern, mit jedem Monat ist sein Gesicht verschwommener geworden. Wenn viele Männer bei der Oma wären, denkt sie, würde ich ihn vielleicht gar nicht erkennen.
Horst und Dieter biegen schon in die Bäckergasse ab. Horst dreht sich zu ihr um. »Los, mach schon. Schlaf nicht ein beim Gehen.«
Ilse fühlt, wie ihre Beine immer schwerer werden. Sie versteht nicht, warum dieselbe Erwartung einen manchmal so leicht macht, daß man fast fliegen kann, und ein andermal so schwer. In der Bäckergasse, als sie an der alten Kinderschule vorbeigeht, fällt ihr ein, wie der Dieter

sie hier mal geschlagen hat. Sie war aus irgendeinem Grund vor ihm davongelaufen, warum, hat sie vergessen. Er ist ihr nachgerannt und hat sie hier, in der Bäckergasse, erwischt. Er hat sie an den Oberarmen gepackt und an die alte Mauer gedrückt. Dann hat er auf sie eingehauen. Sie hat versucht, ihr Gesicht mit den Armen abzudecken, aber es ist gewesen, als würde der Dieter nur noch aus Armen und Händen und Fäusten bestehen. Ihr linkes Auge ist danach zugeschwollen. Die Oma hat ihr Umschläge mit Kamille und Augentrost gemacht, und Dieter ist vom Opa verhauen worden.
Die Straße von der alten Linde bis hinauf zu Omas Haus kommt Ilse heute sehr steil vor, viel steiler als sonst. Plötzlich muß sie auch an die Mutter denken, wie sie sie vorhin gekämmt und ihr Fusseln vom Kleid gezupft hat. »Seid anständig«, hat sie gesagt. »Er soll mir nichts nachsagen können.«
Jetzt ist Ilse ganz traurig. Am liebsten würde sie umkehren, sich daheim in der Küche an den Tisch setzen und der Mutter beim Gemüseschneiden helfen. Alles andere würde sie lieber tun, als in dieses Haus mit dem fremden Auto vor der Tür zu gehen, einem fremden Mann gegenüberzutreten, einem Vater, an den sie sich nicht mehr erinnern kann. Auch der letzte, verschwommene Rest von Erinnerung ist jetzt weg.
Die Oma steht in der Küche, dicke Schweißtropfen auf der Stirn. Es riecht nach Gans und Rotkraut. Ein Topfdeckel klappert. Die Oma nimmt ihren Schürzenzipfel und zieht den Topf an den Herdrand. »Sie sind alle drüben im Wohnzimmer«, sagt sie zu Ilse. »Dein Geschenk liegt unter dem Christbaum. Eine warme Strickjacke.«

Ilse nickt. Sie hängt ihren Mantel auf und stellt sich ganz dicht neben die Oma.

»Na, willst du nicht reingehen und deinem Vater guten Tag sagen?«

»Gleich, Oma. Laß mich noch ein bißchen hier.«

Die Oma macht das Bratrohr auf und begießt die Gans mit Fett. Ilse bückt sich und schaut zu. »Gänsehaut«, sagt sie, als sie den stoppelhäutig angebräunten Gansrücken sieht. Die Oma lacht. »Die friert aber bestimmt nicht, da kannst du dich drauf verlassen. Es gibt Kartoffelklöße und Rotkraut dazu. Hast du Hunger?«

»Nein. Wir haben erst Kaffee getrunken.«

»Dauert auch noch anderthalb Stunden. Mindestens. Ist ein Riesenviech. Ich hab's von der Friedhofsbäuerin. Sie hat nach dir gefragt. Sie kann dich gut leiden. Wenn du dich hältst, nimmt sie dich, wenn du mit der Schule fertig bist.«

Ilse antwortet nicht. Sie lauscht auf die Stimmen aus dem Wohnzimmer, aber sie kann nichts verstehen.

»Willst du nicht rübergehen?« fragt die Oma noch einmal.

»Gleich. Ich will mich erst noch aufwärmen.«

Als die Oma sie zweifelnd anschaut, stellt sie sich schnell vor den Herd, streckt die Arme aus und reibt sich die Hände über der aufsteigenden Wärme.

»Also, dann hilf mir beim Zwiebelschneiden«, sagt die Oma und legt das Holzbrett und ein kleines scharfes Messer auf den Tisch. Erleichtert und froh über den Aufschub setzt Ilse sich hin. Sie schneidet einer Zwiebel den runden Wurzelansatz ab und oben die schon grünspitzigen Triebe. Die äußere braune Haut knistert brüchig. Vor Ostern sammelt die Oma die Zwiebelschalen und

färbt dann die Eier damit. Omas Ostereier sind immer braun.
»Soll ich Würfel oder Scheiben schneiden?« fragt Ilse.
»Würfel. Und die kleine da in dünne Scheiben. Die brauche ich für Tomatensalat für deinen Vater. Der hat schon immer so gern Tomatensalat gegessen.«
Der scharfe, beißende Zwiebelgeruch treibt Ilse die Tränen in die Augen. Sie wischt sie mit dem Armrücken weg.
»Das ist gut, daß sie dir ein neues Kleid gekauft hat. Deine alten kannst du wirklich nicht mehr für gut anziehen.«
»Die Mama hat es gestern abend noch kürzer gemacht«, erzählt Ilse, froh drüber, daß die Oma von etwas anderem redet. »Und es kratzt ein bißchen. Ich habe ein Unterhemd von Dieter drunter an.«
»Gut, daß noch ein Saum drin ist zum rauslassen. So wie du wächst«, sagt die Oma. Ilse lacht gegen die Stimmen aus dem Wohnzimmer.
Da geht die Küchentür auf. Er steht im Türrahmen, groß, hübsch, und streckt die Arme nach ihr aus. Natürlich kennt sie sein Gesicht. Nie hat sie es vergessen. Nie wird sie es vergessen können.
»Na, Ilse«, sagt er. »Willst du mir denn gar nicht guten Tag sagen?«
Sie schaut ihn an, schüchtern, unfähig aufzustehen. »Papa«, sagt sie. Das ist das einzige, was sie rausbekommt. Er zieht sie hoch, legt kurz die Arme um sie, hält sie dann von sich und betrachtet sie. »Groß bist du geworden. Ich hätte dich fast nicht erkannt.«
Ilse schaut an ihm vorbei zur Oma, die wieder die Gans begießt. »Ja, ich bin groß für mein Alter«, sagt sie und denkt: Wie kann er mich fast nicht erkennen, wo ich doch

sein Kind bin? Sie wischt sich die Tränen weg. »Ich habe Zwiebeln geschnitten.«
Der Vater schiebt sie zur Tür. »Komm mit rüber.«
Im Wohnzimmer auf dem Sofa sitzt die neue Frau des Vaters. In schwarzen Hosen und einem schwarzen Pullover. Das ist es, was Ilse auffällt. Das und die rötlichen Locken. Neben ihr Marga und das kleine Mädchen, dann Dieter. Horst und Opa sitzen am Tisch. »Da, schau mal, Ella, wie groß meine Jüngste geworden ist.«
Die Frau wirft den Kopf zurück. »Deine Jüngste ist Elvira«, sagt sie böse.
Der Vater lacht. »Ach, das ist was ganz anderes. Elvira ist meine Prinzessin. Gell, mein Schatz?«
»Ja, Papa«, sagt das kleine Mädchen.
Die Frau betrachtet Ilse. Ilse senkt den Kopf. Sie will nicht in dieses Gesicht mit der scharfen Nase und dem scharfen Mund schauen. Wie ein Vogel sieht sie aus, denkt Ilse. Wie ein böser, schnabelhackender Vogel. Die Frau streckt ihr die Hand hin. »Guten Tag, Ilse«, sagt sie. »Wir haben dir auch was mitgebracht.«
Ilse weiß nicht, was sie sagen soll. Leicht vorgeneigt steht sie da. Plötzlich merkt sie, daß ihre Arme an ihr herabhängen wie aus Holz. Und ganz fremd. Die Frau hat noch immer ihre Hand ausgestreckt. Ilse legt ihre Hand hinein, ohne Druck, einfach so, wie man jemand einen Gegenstand in die geöffnete Hand legt. Die Frau lacht hoch und laut. Ilse erschrickt, macht einen Schritt rückwärts und sieht sich um. Dann, froh, daß da Platz ist, zieht sie sich einen Hocker zum Tisch neben Opa.
»Sie ist wohl ein bißchen schüchtern, was?« sagt die Frau mit dieser hellen lauten Stimme.

Der Vater wühlt in einem Koffer. Dann drückt er Ilse eine Puppe in die Hand. »Hier. Gefällt sie dir?«
Ilse schaut die Puppe an und bemüht sich, die Tränen zu unterdrücken. »Ich spiele nicht mehr mit Puppen«, flüstert sie.
»Du könntest wenigstens danke sagen«, ruft Marga über den Tisch hinweg. Bei dem Gelächter der Frau wird Ilse rot. Jetzt bekommt sie erst recht kein Wort heraus.
»Hör mal, wie die Katze schnurrt«, sagt das kleine Mädchen. Ilse schaut hinüber und merkt, wie sich ihr Magen zusammenkrampft, als sie Mohrle auf Elviras Schoß liegen sieht. Der Vater schwenkt eine Flasche. »Na, Opa, noch ein Schlückchen? So jung kommen wir nicht mehr zusammen.« Er gießt Opas Glas so voll, daß etwas von der klaren Flüssigkeit überschwappt.
»Halt, halt«, ruft der Opa und hebt vorsichtig das Glas. »Also dann, prost, Schorsch.«
»Prost, Opa.«
Ilse sitzt da in all dem Lachen und Reden und kann nicht zuhören. Wenn der Vater an ihr vorbeigeht, wenn er ihr mit der Hand über den Kopf streicht, denkt sie: Jetzt wird er mich gleich auf den Schoß nehmen und sagen: Hast du wirklich geglaubt, die Puppe wäre alles? Und dann wird er das wunderbare Geschenk aus der Tasche ziehen. Und Schokolade. Ganz viel Schokolade. Aber er nimmt sie nicht auf den Schoß. Er redet laut und lacht laut, und die neue Frau lacht mit. Dann merkt Ilse, daß auch der Opa nichts sagt. Sie rutscht noch näher an ihn heran und legt den Kopf an seine Schulter. Er hat seinen dunklen Anzug an. Der Stoff ist rauh und riecht ganz leicht nach Mottenkugeln.

Ilse ist froh, als die Oma sie ruft. Sie soll ihr helfen beim Tischdecken, sie soll ein paar Flaschen Bier aus der Kammer holen, sie soll den Tomatensalat probieren, sie soll das Rotkraut umrühren, sie soll schon mal einen Kaffee aufgießen, sie soll die Suppe reintragen.
Ilse macht alles, weil die Marga sich um das Kind kümmern muß. Ilse macht es gern. Sie trägt auch die Suppenteller wieder hinaus in die Küche und bringt die große Schüssel mit Klößen. Die Oma zerteilt die Gans. »Von der Kirchhofsbäuerin hab ich die«, erzählt sie dem Vater. »Bei der hab ich noch immer gut gekauft. Das ist eine anständige Frau.« Sie legt dem Vater einen Schenkel auf den Teller. »Iß, daß du satt wirst.«
Die Gans ist fett und gut, aber Ilse hat keinen richtigen Hunger. Auch Horst und Dieter essen weniger als sonst. Die Oma schaut sie erstaunt an, sagt aber nichts. Nach dem Essen darf Ilse wieder helfen, und als sie die Küche fertig haben, sie und Oma, ist es schon bald wieder Zeit zum Kaffeetrinken. Und dann das Abendessen.
Der Tag ist vergangen, ohne daß sie es recht gemerkt hat. Sie will jetzt auch gar nicht daran denken. Sie will vergessen, wie der Opa mit dem Vater geschrien hat, sie will vergessen, wie der Vater nach jedem Glas lauter geworden ist. Sie will dieses ganze, verdammte Weihnachten vergessen.
Nach dem Abendessen gehen die Kinder heim. »Morgen nachmittag fahre ich wieder«, sagt der Vater. »Kommt ihr wenigstens noch mal, um mir auf Wiedersehen zu sagen?«
»Ja«, sagt Dieter. »Bestimmt.«
Horst und Ilse sagen nichts.
Es hat angefangen zu schneien. Dicke, schwere Flocken

fallen vom Himmel und schmelzen fast sofort, wenn sie den nassen Boden berühren.
»Ein tolles Auto hat er«, sagt Dieter.
Horst stößt laut und verächtlich die Luft aus. Wie ein Furz klingt das. »Der hat ein Auto, und wir haben noch nicht mal Fahrräder.«
»Wenn du deines nicht kaputtgefahren hättest«, sagt Dieter. »Du hast doch mal eins gehabt.«
Müde stolpert Ilse hinter ihren Brüdern her. Sie hat die Puppe unter ihren Mantel geschoben, damit sie nicht naß wird, und hält sie krampfhaft mit einer Hand fest. Es ist kälter geworden.
Dieter spielt mit dem Messer, das er vom Vater bekommen hat, und läßt die Klinge hörbar einschnappen. »Ein prima Messer«, sagt er. »Drei Klingen, Dosenöffner und Korkenzieher.«
»Halt's Maul«, fährt Horst ihn böse an. »Damit ist es nicht getan, daß er alle zwei Jahre mal was mitbringt. Damit bestimmt nicht. Der bricht sich keinen Zacken aus der Krone für uns.«
Dieter sagt nichts mehr.
»Na, wie war's?« fragt die Mutter zu Hause, schaut aber keinen an dabei. »Wie war euer Vater?«
»Halt so«, sagt Horst.
Dieter zeigt sein neues Taschenmesser.
Die Mutter öffnet die Herdklappe und legt ein Holzscheit nach. »Und du, Horst?«
»Mir hat er einen Fünfziger gegeben.« Horst holt den Schein aus seiner Tasche und knallt ihn auf den Tisch. »Hier, nimm du ihn. Ich will von dem nichts geschenkt haben. Fährt ein teures Auto, und wir sitzen da.«

Die Mutter dreht sich um. Sie wischt sich über die Augen. »Immer dieser Rauch.« Aber Ilse sieht, wie sie den Horst anschaut, schnell, mit leicht geöffneten Lippen. »Das gehört alles seiner Frau«, sagt die Mutter. »Wenn das Sozialamt zu ihm kommt, gehört nichts ihm.«
»Schau, meine Puppe«, sagt Ilse.
Die Mutter betrachtet sie. »Das ist eine teure Puppe.« Sie nimmt eine Zigarette und zündet sie mit dem Feuerzeug an, das Ilse ihr geschenkt hat.
»Was soll ich mit einer Puppe?« sagt Ilse. »Eine Tafel Schokolade wär mir lieber gewesen.«

23.

Ilse kauft sich ein Paket Wunderkerzen von dem Geld, das ihr die Oma für Neujahr gegeben hat. Den Rest hebt sie auf, weil ihr die Mutter versprochen hat, daß sie demnächst den Helmut im Krankenhaus besuchen darf. Schokolade will sie ihm mitbringen, Milchschokolade mit ganzen Nüssen.

Horst und Dieter haben verschiedene Raketen und Kracher heimgebracht. Sie liegen in einem Pappkarton auf der Kommode im Schlafzimmer. Die Mutter hat nicht gefragt, wo sie sie herhaben, sie fragt nie nach so etwas. Aber Ilse weiß es: geklaut im Schreibwarengeschäft oder beim Konsum oder beim Braunwarth. Die vier großen Raketen mit den Stangen haben sie wahrscheinlich gekauft. Dieter wird sich von Fräulein Neugebauer erklärt haben lassen, wie sie funktionieren, während Horst sich die Taschen vollgestopft haben wird. Ilse hat manchmal gesehen, wie die zwei das machen. Danach lachen sie und hauen sich auf die Schulter, und für ein oder zwei Tage streiten sie dann nicht mehr.

Ilse hat Hunger. Aus der Küche ruft ihre Mutter. Ilse knipst das Licht aus und geht hinüber. »Der Zirkus fängt an«, sagt die Mutter. »Den hast du doch sehen wollen.«

Ilse setzt sich auf einen Stuhl.

Später kommen Horst und Dieter, und es gibt Rippchen mit Kraut. Zu Neujahr gibt es immer Rippchen mit Kraut.

»Das gehört sich so«, sagt die Mutter. »Das haben wir schon zu Hause immer gegessen.«
»Wann fangt ihr an zu schießen?« fragt Ilse.
»Nicht vor halb zwölf.«
»Rausgeschmissenes Geld«, sagt die Mutter und beißt in ihr Fleisch. »Wenn wir nur ein bißchen von dem hätten, was heute in die Luft geballert wird, dann könnten wir gut leben.«
»Wenn, wenn!« Horst verzieht das Gesicht. »Immer nur wenn. Wenn du gescheiter gewesen wärest und dir einen anderen Kerl ausgesucht hättest, wäre auch alles anders. Wenn!«
»Wenn du wüßtest, was sich gehört, würdest du nicht so mit deiner Mutter reden.«
»Hör auf«, sagt Horst. »Sonst streiten wir das ganze nächste Jahr.«
Dieter legt den sauber abgenagten Rippchenknochen auf den Teller. »Als ob es bei uns je anders wäre.« Er steht auf. »Ich geh schon mal runter auf die Straße.«
»Wir kommen gleich nach.«
Ilse steckt ihre Wunderkerzen und eine Schachtel Streichhölzer ein.
So voll ist die Sandgasse sonst nie. Alle Leute stehen vor ihren Häusern. Sogar die Kniesers aus dem zweiten Stock sind da. Frau Knieser hat sich bei ihrem Mann eingehängt, und sie laufen langsam im Hof auf und ab. Vereinzelt hört man es schon knallen.
»Da«, schreit Bruno und wirft seine Arme hoch. »Da oben, auf dem Kreuzberg.«
Aber als Ilse hinschaut, ist schon nichts mehr zu sehen. Ihr ist kalt. Sie drängt sich dichter zu ihrer Mutter und Frau

Schuster. »Wißt ihr noch, letztes Jahr, wie wir den Helmut rausgetragen haben, damit er auch was sieht?« fragt sie. Frau Schuster fängt an zu weinen.
»Blöde Gans«, schimpft die Mutter und versetzt Ilse einen Schlag auf den Arm. »Manchmal weiß ich wirklich nicht, ob du so dumm bist wie du tust.«
Ilse weicht aus. Sie lehnt sich an den Türpfosten und zündet ihre erste Wunderkerze an. Hingerissen starrt sie in die stiebenden Funken. Sie hält sie hoch in die Luft, gegen den sternklaren Himmel. Sie läßt ihre Arme kreisen und malt Feuerräder, Feuerbänder. Sterntaler hat das Hemd aufgehalten, und Gold ist ihm in den Schoß gefallen. Ilse lacht. So ist das gewesen. Wunderkerzen waren das. Glücklich läuft sie ihren schwingenden Armen nach.
Wie dunkel der Himmel ist. Horst läßt die erste Rakete steigen. Rote Bälle zerplatzen in der Luft. Der Helmut hat letztes Jahr fast geweint vor Freude, als er das gesehen hat. Vielleicht macht ihm eine Krankenschwester das Fenster auf. Vielleicht kann er auch etwas sehen.
Jetzt knallt es überall. Ilse macht einen Sprung zur Seite, als neben ihr ein großer Schweizer Kracher zerplatzt.
Horst lacht laut. »Habt ihr gesehen, wie sie gehüpft ist?«
Bruno tanzt um Horst herum. »Laß mich auch mal. Los, laß mich auch mal.«
Plötzlich fühlt Ilse den Krach auf der Haut, jeder Schlag, jedes Krachen dröhnt in ihren Ohren wie Donner. Blitz und Donner.
Das Gesicht der Mutter leuchtet grün im Licht einer Rakete, dann rot, dann fahlgelb. Ihr Mund ist aufgerissen vor Lachen. Aber Ilse hört das Lachen nicht. Nur Donnerschläge hört sie.

Sie läßt die Wunderkerze fallen, schlägt die Hände auf die Ohren und rennt ins Haus, in das Schlafzimmer. Sie läßt ihre Kleider auf den Boden fallen, kriecht in das Bett und zieht sich die Decke über die Ohren. Jetzt klingt der Krach nur noch gedämpft zu ihr. Nächstes Jahr, denkt sie. Nächstes Jahr ist wieder ein Jahr. Ein Jahr und noch ein Jahr.

Unten grölt der Schuster ein Lied. Jetzt ist er schon wieder besoffen. Ilse schiebt die Hand aus der Decke heraus und tastet an der Wand entlang. Da ist die Puppe. Sie zieht sie unter die Decke und nimmt sie in den Arm.

Das neue Kind, denkt sie. Ein Mädchen soll es werden. Ich wünsche mir, daß es ein Mädchen wird.

Bücher von Christine Nöstlinger

Maikäfer, flieg!
Mein Vater, das Kriegsende, Cohn und ich
Roman. 176 Seiten, Pappband (80536)
Im zerbombten Nachkriegs-Wien erlebt ein neunjähriges Mädchen Freundschaft mit dem russischen Soldatenkoch Cohn.
Buxtehuder Bulle

Zwei Wochen im Mai
Mein Vater, der Rudi, der Hansi und ich
Roman. 208 Seiten, Pappband (80581)
Gulliver Taschenbuch (78032)
Die Fortsetzung von *Maikäfer, flieg!*, in der die Christel mit zwölf Jahren den Frieden kennenlernt.

Oh, du Hölle!
Julias Tagebuch
Mit Zeichnungen von Christina Nöstlinger
200 Seiten, Pappband (80165)
Ein Tagebuch höchster Wahrheiten! Die 14jährige Julia hat sie notiert und hat dabei nichts ausgelassen: nicht den Zirkus mit den Eltern und nicht die Schule, vor allem aber nicht die Gefühle für Stefan.

»Pfui Spinne!«
Roman. 148 Seiten, Gulliver Taschenbuch (78723)
Um Mütter geht es, um Väter und um eine Ferienreise. Vor allem aber geht es um die Liebe zwischen Hasi und Christine.

Stundenplan
Roman. 136 Seiten, Gulliver Taschenbuch (78709)
Hier wird die Welt der 14jährigen geschildert, wie sie wirklich ist: der tägliche Kram, die Probleme mit den Erwachsenen, Schule, Klatsch, Liebe, Eifersucht …

Beltz & Gelberg
Beltz Verlag, Postfach 100154, 69441 Weinheim

Mädchen und Frauen

Dagmar Chidolue

Lady Punk

Roman. 176 Seiten, Pappband (80823) Gulliver Taschenbuch (78711)
Terry ist fünfzehn, sieht aber aus wie siebzehndreiviertel. Sie ist ein Biest und ganz schön verrückt, crazy. Lady Punk. In diesem Sommer will sie wissen, was es mit der Liebe auf sich hat. Aber alles kommt ganz anders als gedacht.

Deutscher Jugendliteraturpreis

Karel Eykman

Liebeskummer

Aus dem Niederländischen von Mirjam Pressler
64 Seiten, Gulliver Taschenbuch (78724)
Monika erlebt zum ersten Mal, was Liebeskummer ist. Wie sie diesen Schmerz zu überwinden versucht, wird witzig und doch einfühlsam erzählt.

Holländischer Jugendbuchpreis »Goldener Griffel«

Hadley Irwin

Liebste Abby!

Erzählung. Aus dem Amerikanischen von Fred Schmitz
148 Seiten, Gulliver Taschenbuch (78713)
Abby ist anders als die anderen Mädchen, findet Chip. Deshalb hat er sich auch in sie verliebt. Daß ein schreckliches Geheimnis hinter ihrem Anderssein steckt und Abby dringend Hilfe braucht, erfährt er erst viel später. Ein ehrliches Buch zum Thema des sexuellen Mißbrauchs und gleichzeitig eine zärtliche, bewegende Liebesgeschichte.

Auswahlliste Deutscher Jugendliteraturpreis

Mirjam Pressler

Bitterschokolade

Roman. 124 Seiten, Gulliver Taschenbuch (78004)
Eva ist dick und davon überzeugt, daß alle über sie lachen. Es ist ein langer Weg, bis sie begreift: Dicksein ist eine Eigenschaft wie viele andere auch.

Oldenburger Jugendbuchpreis

Chester Aaron
102 IM WETTLAUF MIT DER ZEIT
Die Geschichte von Sam, Allan und dem alten Horace. Roman
Aus dem Amerikanischen
Bilder von Willi Glasauer
192 S. (78102) ab 12

Reinhold Ziegler
109 GROSS AM HIMMEL
Roman
136 S. (78109) ab 12

Mildred D. Taylor
111 LASST DEN KREIS GESCHLOSSEN
Roman
Aus dem Amerikanischen
412 S. (78111) ab 12

Karin Gündisch
123 WEIT, HINTER DEN WÄLDERN
Roman
168 S. (78123) ab 12

Arnulf Zitelmann
129 BIS ZUM 13. MOND
Eine Geschichte aus der Eiszeit
224 S. (78129) ab 12

Christine Nöstlinger
130 WETTI & BABS
Roman
264 S. (78130) ab 12

Klaus Kordon
132 DER MENSCHENFRESSER
Geschichten vom Mut
168 S. (78132) ab 11

Inge Auerbacher
136 ICH BIN EIN STERN
Erzählung. Aus dem Amerikanischen
Mit Fotos, Abbildungen und Anhang
104 S. (78136) ab 11

Christine Nöstlinger
142 HUGO, DAS KIND IN DEN BESTEN JAHREN
Phantastischer Roman
Kapitelbilder von Jutta Bauer
320 S. (78142) ab 12

Geoffrey Trease
144 DAS GOLDENE ELIXIER
Abenteuer-Roman
Aus dem Englischen
224 S. (78144) ab 12

Billi Rosen
147 ANDIS KRIEG
Erzählung
Aus dem Englischen
152 S. (78147) ab 12

Bruce Clements
151 HIN UND WIEDER LÜGE ICH
Eine abenteuerliche Reise durch Missouri
Roman. Aus dem Amerikanischen
164 S. (78151) ab 12

Anne Marie Baart
154 DER GROSSE VERRAT
Erzählung. Aus dem Niederländischen
Bilder von Detlef Kersten
128 S. (78154) ab 11

Margaret Klare
159 HEUTE NACHT IST VIEL PASSIERT
Geschichten einer Kindheit
96 S. (78159) ab 12

Michail Krausnick
162 DER RÄUBERLEHRLING
120 S. (78162) ab 12

Peter Schultze-Kraft
163 DIE BERGE HINTER DEN BERGEN
Geschichten und Märchen aus Lateinamerika und der Karibik.
Bilder von Rotraut S. Berner
124 S. (78163) ab 12

Rosmarie Thüminger
167 ZEHN TAGE IM WINTER
Roman
204 S. (78167) ab 11

Peter Härtling
170 FRÄNZE
Roman
Bilder von Peter Knorr
112 S. (78170) ab 11

Klaus Kordon
177 EIN TRÜMMERSOMMER
Roman
208 S. (78177) ab 12

Peter Härtling
178 KRÜCKE
Roman
Bilder von Sophie Brandes
160 S. (78178) ab 11

Mensje van Keulen
182 DIE FREUNDE DES MONDES
Aus dem Niederländischen
Bilder von Juliette de Wit
176 S. (78182) ab 11

183 WAS IST DENN SCHON DABEI?
Schüler schreiben eine Geschichte über die ganz alltägliche Gewalt
128 S. (78183) ab 13

Cordula Tollmien
185 FUNDEVOGEL ODER WAS WAR, HÖRT NICHT EINFACH AUF
Roman
256 S. (78185) ab 11

Reinhard Burger
189 DER WIND UND DIE STERNE
Roman
120 S. (78189) ab 11
Erscheint Januar 1995

Avi
191 EMILY UND DER BANKRAUB
Eine Abenteuergeschichte aus Massachusetts
Aus dem Amerikanischen
Bilder von Verena Ballhaus
ca. 160 S. (78191) ab 11
Erscheint Januar 1995

GULLIVER FÜR KINDER

Beltz & Gelberg
Postfach 100154
69441 Weinheim

»Die wohl lustigste, sorgfältigste, anregendste Kinderzeitschrift auf dem deutschsprachigen Markt.«

Basler Zeitung

Der Bunte Hund

MAGAZIN FÜR KINDER IN DEN BESTEN JAHREN

Unterhaltung fürs ganze Jahr:
Geschichten, Rätsel, Bilder und so weiter von bekannten Autoren und Autorinnen, Künstlerinnen und Künstlern.
Mit Erzählwettbewerb für Kinder.

Erscheint dreimal im Jahr, 64 Seiten, vierfarbig,
DM 9,80 (Jahresbezug DM 26,–)
In jeder Buchhandlung.

Beltz & Gelberg

Beltz Verlag, Postfach 10 01 54, 69441 Weinheim